Ope...

Un romanzo sulla
Seconda Guerra Mondiale

Richard G. Hole

Operazione Cobra
Un romanzo sulla Seconda Guerra Mondiale

Richard G. Hole

Seconda Guerra Mondiale

©Richard G. Hole, 2025
Copertina: ©Pixabay - Tuprae Doe, 2025
Tutti i diritti riservati.
È vietata la riproduzione totale o parziale dell'opera senza l'espressa autorizzazione del titolare del copyright.

SINOSSI

L'operazione Cobra era in corso.

Vi parteciparono quattro divisioni di Fanteria e la Seconda e la Terza Corazzata, tutte costituite dal VII Corpo d'Armata.

Erano passati dodici giorni da quando gli Alleati avevano completato il loro sbarco in Normandia.

La testa di ponte era messa in sicurezza, ma le truppe statunitensi si muovevano ancora in una stretta striscia di terra, insufficiente a contenere l'inondazione di rinforzi, armi e rifornimenti che arrivavano ogni giorno, ed era necessario ampliarla.

La missione del VII Corpo d'Armata era quella di irrompere nel fronte nemico e avanzare rapidamente verso sud, stabilendo un corridoio attraverso il quale potessero muoversi unità corazzate e di fanteria...

Operazione Cobra è una storia appartenente alla raccolta della Seconda Guerra Mondiale, una serie di romanzi di guerra sviluppati durante la Seconda Guerra Mondiale

OPERAZIONE COBRA

I

L'operazione Cobra era in corso.

Vi parteciparono quattro divisioni di Fanteria e la Seconda e la Terza Corazzata, tutte costituite dal VII Corpo d'Armata.

Erano passati dodici giorni da quando gli Alleati avevano completato il loro sbarco in Normandia.

La testa di ponte era messa in sicurezza, ma le truppe statunitensi si muovevano ancora in una stretta striscia di terra, insufficiente a contenere l'inondazione di rinforzi, armi e rifornimenti che arrivavano ogni giorno, ed era necessario ampliarla.

La missione del Settimo Corpo d'Armata era quella di irrompere nel fronte nemico e avanzare rapidamente verso sud, stabilendo un corridoio attraverso il quale potessero muoversi unità corazzate e di fanteria.

Al suo posto di comando, il colonnello Bruce Ayers, capo del 67esimo reggimento corazzato, seconda divisione, aspettava con impazienza.

In cinque minuti alla volta, il telefono o la radio fornivano informazioni sufficienti sull'andamento delle operazioni.

L'aviazione e l'artiglieria di accompagnamento avevano già terminato il bombardamento delle posizioni tedesche, debolmente stabilite dopo il crollo del fronte.

In quel momento la Quarta, Novanta e Trenta Divisioni di Fanteria stavano caricando in avanti.

"Ciascuno al suo posto", ordinò il colonnello ai capi battaglione che erano al suo fianco.

Innumerevoli carri armati di tutte le dimensioni erano nascosti sotto gli alberi per proteggerli dagli sporadici attacchi dell'aviazione tedesca.

I quattro comandanti di gruppo ordinarono ai loro uomini di entrarvi e di avviare i motori, compiendo brevi manovre per trovare la posizione più opportuna per l'avanzata.

Il colonnello Ayers era ancora al posto di comando, fumando nervosamente, davanti a una radio a terra, mentre dava un'ultima occhiata alla mappa.

Avrebbe dovuto affrontare un nemico pericoloso, che combatteva nella disperazione della sconfitta.

I tedeschi avevano su quel fronte una divisione di paracadutisti, la Panzer Lehr, la Seconda Divisione Panzer SS e due divisioni di fanteria, più altre tre divisioni di riserva nelle retrovie che l'aviazione alleata avrebbe avuto il compito di ostacolare la loro marcia.

Ayers era un uomo di circa quarantasette anni, alto, magro ed elastico, non proprio della sua età.

Solo i suoi capelli, che cominciavano a schiarirsi sulle tempie, denunciavano che non era giovane come sembrava a prima vista.

Gli occhi erano grigi, a volte sognanti, e la mascella squadrata esprimeva determinazione.

Senza quasi rendersene conto, il suo sguardo continuò a percorrere l'aereo finché non si fermò in un minuscolo punto che rappresentava una città.

"Tessy-sur-Vire" lesse.

Chiudendo gli occhi poteva vedere la città. Le sue case bianche e rosse che cavalcano sulla corrente calma e verde del fiume Vire, i pioppeti che la circondavano... quel frutteto e l'umile casetta che c'era nel suo centro.

"Esisterebbero ancora? "si chiese". Che ne sarebbe di Marie?

Era tutto così remoto!

La comunicazione radio interruppe il filo dei suoi pensieri, annunciando che la resistenza tedesca cominciava a cedere e che il fronte sarebbe stato spezzato da un momento all'altro.

Ayers lasciò il suo posto sotto un folto ulivo e alzò gli occhi al cielo. Era il venticinque luglio e quello sembrava di un azzurro intenso, senza una sola nuvola.

Altre quattro miglia a sud un tuono interrotto rimbombò dai centosettanta cannoni di accompagnamento, segnando l'ultima resistenza tedesca.

Era questione di minuti per sferrare l'attacco a turno e questione di, al massimo un paio di giorni, per ritrovarsi a Tessy.

Quando vent'anni prima aveva lasciato la Francia, con il resto delle truppe del generale Pershing, non aveva mai creduto che avrebbe mai più rimesso piede in quella terra.

Ed ecco, non solo era andata così, ma tornava di nuovo combattente e teatro delle sue imprese sarebbe stato proprio il villaggio francese, stretto dal fiume, in cui trascorreva le ore più belle della sua convalescenza.

Tutto sembrava uguale a allora. I fronti erano diversi. Variava anche l'armamento, soprattutto i carri armati; ma, in sostanza, il resto rimase lo stesso e il fatto fondamentale era lo stesso: i tedeschi combattevano da una parte e francesi, inglesi e americani dall'altra.

Ma ora Marie non c'era e lui aveva ventiquattro anni in più.

In questo c'era una grande differenza.

E anche in qualcos'altro. Nella prima guerra era un sergente. Adesso era colonnello e comandava un reggimento corazzato.

La radio ha ripreso a chiamare. Ayers si chinò su di lui raccogliendo il messaggio.

"Attenzione! Attenzione! 67 Reggimento, avanti. Il fronte è stato rotto.

Bruce Ayers si liberò dai suoi pensieri con la stessa facilità con cui gettò a terra la sigaretta e saltò agilmente verso lo Shermann in attesa a pochi passi di distanza con i motori accesi.

Una volta installato nella torretta, diede l'ordine di avanzare e il reggimento partì in massa.

Novanta mostri d'acciaio si stavano muovendo verso sud alla massima velocità dei loro motori, sfruttando gli stretti sentieri che correvano tra i frutteti.

Tutto sul loro cammino fu terribilmente distrutto, come se un ciclone famelico e devastante fosse passato su alberi, case e muri.

Ayers, sporgendosi dalla torretta, radiotelefono in mano, comandava i movimenti dei suoi uomini e il reggimento avanzò all'unisono.

Il rumore dei fucilieri si sentiva a malapena a mezzo miglio di distanza, diventando più distinto man mano che si avvicinavano al varco.

Ben presto si ritrovarono nel luogo in cui erano iniziati i combattimenti.

Molti soldati americani e tedeschi giacevano immobili ai lati delle strade, in varie posizioni.

Alcuni di loro hanno mostrato ferite tremende causate da schegge, e nessuno dei due ha potuto assistere al trionfo o alla sconfitta delle loro armi.

Poco dopo, passando per Saint Gilles, un ufficiale di collegamento si trovava al centro della strada che conduceva a Canisy, sventolando una bandiera verde.

Ayers ordinò all'autista di fermare il carro armato e l'ufficiale gli si avvicinò salutandolo.

"Colonnello Ayers? Ha chiesto.

"Lo stesso. Come vanno le cose?

"Abbiamo subito molte perdite", rispose l'ufficiale. Combat Command B e Combat Group 22 sono quasi fuori dai giochi, ma siamo riusciti ad aprire il divario. Quei bastardi si difendono come demoni.

"Dov'è il divario aperto?

"Su entrambi i lati della strada da Cerisy de la Salle" rispose l'ufficiale. La nostra fanteria sta cercando di espanderlo.

"Eccoci qui.
Prendendo come asse il percorso di Cerisy e quello di Le Cenily, il 67° Reggimento Carri accelerò la marcia verso il fronte.
Davanti a loro passavano piccoli orti familiari, con i muretti crollati.
Man mano che si avvicinavano alla linea del fronte, il passaggio dei feriti si faceva più frequente.
Guardavano con gioia le enormi file di carri armati non senza un certo risentimento, chiedendosi forse perché non avessero protetto la loro avanzata.
Ayers ha notato perfettamente quando è passato attraverso il divario spalancato.
Diverse batterie di cannoni spararono i loro proiettili a destra ea sinistra, cercando di aiutare le truppe di fanteria che stavano lentamente spingendo i tedeschi ai lati.
Un capitano di artiglieria lo salutò allegramente al suo passaggio.
"Vai avanti! "Disse". Il nemico è in ritirata. I nostri cannoni non li raggiungono più.
Il 67° Reggimento continuò la sua avanzata, sfruttando tutte le vie di penetrazione. La linea di fanteria era ormai molto indietro e svolgeva le operazioni di pulizia.
Ayers sapeva benissimo che il 66° Reggimento sarebbe già avanzato lungo il fiume Vibre, costituendo l'altro morso della tenaglia che minacciava da vicino numerose forze tedesche.
Guardando su e giù per la strada, poteva vedere le enormi masse di Sherman che si precipitavano in avanti, senza curarsi di ciò che si lasciavano dietro.
Sicuramente, proprio in quel momento, attraverso il varco aperto, una raffica di uomini si stava precipitando, marciando dietro i binari dei carri armati che aprivano la strada.
Il rombo acuto di un colpo di cannone interruppe di nuovo le sue riflessioni.

"Un anticarro! Mormorò.

Sembrava giusto. Sparò raffiche di tre colpi e uno dei carri armati del reggimento era già stato vittima dei suoi colpi mortali.

Ayers ascoltò attentamente. A quanto pare il cannone sparava da un piccolo viale lungo la strada.

Attraverso il microfono ha indicato la sua possibile posizione alla Terza Sezione, le cui auto si sono immediatamente schierate verso il centro commerciale.

Il carro armato occupato dal tenente De Ruse avanzò audacemente, pestando l'erba di un prato.

Dentro di lui, Roy de Ruse scrutò l'orizzonte attraverso lo stretto oblò. Un leggero movimento nel centro commerciale gli mostrò che il suo capo aveva ragione.

"Sto ancora godendo di una vista a volo d'aquila," mormorò. Duro, mitragliere...

Il pezzo 7,7 del carro armato ha iniziato a sparare sul viale.

Altri tre carri armati si affiancarono al primo, unendosi a lui con il loro fuoco, e il resto dei carri armati della Quarta Compagnia procedette a circondare il gruppo di alberi, inviandogli un diluvio di proiettili.

Il cannone anticarro ha smesso di sparare. La maggior parte dei suoi servi era stata ferita o uccisa.

Poco dopo, una sciarpa bianca aleggiava nell'aria e gruppi di soldati tedeschi cominciavano ad emergere dagli alberi con le braccia alzate.

Roy de Ruse, con i suoi uomini e i servi di altri due carri armati, abbandonarono le loro macchine, uscendo loro incontro con le armi pronte, ma i tedeschi sembravano molto contenti di essere stati fatti prigionieri.

Erano per lo più giovani e avevano sicuramente una trentina d'anni.

"Come diavolo hanno fatto a resistere? Roy chiese a uno di loro in francese.

"C'era un ufficiale con noi", rispose il tedesco. Siamo caduti indietro con un cannone quando hai rotto la parte anteriore...

"Va tutto bene. Continua così.

Un carro armato, con le sue mitragliatrici allineate sui prigionieri, li condusse sulla strada, finché non trovarono alcune truppe di fanteria che avanzavano su camion, lasciandoli alle loro cure.

L'avanzata continuò per altri due giorni con una progressione media di quindici-venti chilometri al giorno.

Il 29 luglio, la colonna composta dal 67° Reggimento Corazzati e da un Battaglione del 22° Reggimento Fanteria, iniziò un movimento avvolgente su Villebaudon, occupando la città nelle prime ore del mattino.

Alle forze fu concesso un leggero riposo, mentre le truppe di retroguardia formarono una linea nei pressi della città.

L'artiglieria di accompagnamento, situata un chilometro oltre Villebaudon, ha sparato i suoi missili sui tedeschi in ritirata.

I soldati di fanteria fraternizzavano in paese con le petroliere e con la popolazione civile. L'avanzata era stata così rapida che la città era stata appena distrutta.

Il colonnello stava per dare voce all'avanzata, quando al fronte si verificò una breve pausa.

Un attimo dopo si udì di nuovo il fragore dei cannoni, ormai più vicini al paese, e le esplosioni di alcune granate alla periferia turbarono la gioia dei soldati yankee.

"Che diavolo sta succedendo? Ayers brontolò.

Non ci volle molto per scoprirlo. Una folla di soldati, con il terrore stampato in faccia, ha improvvisamente preso d'assalto la città.

Ayers era in piedi al centro della piazza, pistola in mano.

"Cosa è successo?" Chiese con voce tonante al primo soldato che poteva interrogare.

"I tedeschi contrattaccano", rispose che eccitato. Sono già in cima. Sono migliaia e migliaia.

Gli ufficiali stavano lottando per contenere il rinculo dei loro uomini.

L'avanzata era stata fino a quel momento così facile che quel contrattacco tedesco, tanto inaspettato quanto formidabile, li aveva sorpresi, facendoli fuggire allo sbando.

Ayers diede alcuni ordini rapidi e schietti.

Era necessario riprendere in mano la situazione, altrimenti si perdevano.

I carri armati americani che facevano rifornimento nei boschi vicino alla città decollarono rapidamente dai loro posti di raduno, ruggendo in avanti.

Dalle torrette, i suoi servi incoraggiarono i fanti che incontrarono e li costrinsero a tornare al fronte, presidiando dietro le loro masse.

Ayers ordinò a una delle Compagnie di avanzare di duecento metri per stabilire un contatto con il nemico.

Roy avanzò con il suo carro armato finché non si trovò a un bivio, riparandosi dietro un gruppo di alberi.

Passarono un paio di minuti, lenti, angosciati, gravidi di incertezza.

Alla fine apparve davanti a loro un carro armato tedesco. L'artigliere gli puntò il mirino, ma Roy de Ruse ordinò:

«Aspetta ancora un po', Nyland.

Il carro armato li superò senza vederli. La torretta del mostro americano ruotò contemporaneamente, e Roy quasi emise un grido di gioia.

Mezzo centinaio di soldati tedeschi avanzarono vicino al carro armato.

Il grosso di tutto ciò aveva impedito loro di vedere l'americano nascosto tra gli alberi e seppero della sua presenza quando la sua mitragliatrice cominciò a crepitare in modo infernale.

Molti dei soldati furono colpiti dai proiettili, cadendo a terra in posizioni improbabili.

Allo stesso tempo il cannone iniziò improvvisamente a scatenare il suo fuoco sulla "Tigre" tedesca.

L'aggressione fu così inaspettata che gli occupanti del carro armato tedesco non ebbero il tempo di girarlo per difendersi.

Poco dopo, il suo equipaggio tentò di saltare a terra per unirsi ai "fanti" sopravvissuti che marciarono protetti dalla loro armatura, ma non furono in grado di farlo, perché Roy puntò contro di loro la mitragliatrice, dando loro la caccia mentre sbirciavano fuori dalla torretta.

"Indietro, Rideen", ordinò all'autista.

Il carro fece un brusco balzo all'indietro, cominciando a ritirarsi, nello stesso momento in cui i soldati nemici superstiti, dopo il primo istante di sorpresa, scaricarono una vera e propria grandinata di granate contro il mostro d'acciaio.

Per tutta la giornata i combattimenti continuarono su un ampio fronte contro unità tedesche rinforzate da una divisione Panzer.

Nel cielo, l'aviazione alleata impedì ripetutamente alle riserve tedesche di prendere contatto con i combattenti, distruggendo i ponti, sganciando migliaia e migliaia di tonnellate di bombe sulle strade e sulle ferrovie.

Fu una semina micidiale che fece esclamare un generale tedesco, quando gli fu chiesto quale fosse il mezzo migliore per le riserve per avvicinarsi al fronte:

"Senza dubbio, la bicicletta!

Qualsiasi movimento, qualsiasi ombra di camion o treno, veniva subito preso come bersaglio dai superbomber inglesi e americani, che in questo modo contribuirono largamente alla vittoria.

Alla fine, la resistenza tedesca fu sconfitta e per tutto il 30 la colonna continuò la sua avanzata lenta e sicura, dirigendosi verso Tessy-sur-Vire, dove doveva incontrare l'altro ramo della tenaglia, guidato dal 66° Corazzato Reggimento.

Il giorno seguente il reggimento si divise in tre colonne che iniziarono l'attacco a Tessy da altrettante direzioni, partendo da Mesnil Opac, Moyen e Villebaudon.

Mentre le sue forze si avvicinavano alla città, Ayers lasciò che i suoi occhi scivolassero su un paesaggio familiare, che non era ancora morto nella sua memoria.

Quante volte aveva camminato per quei luoghi con Marie, abbracciata stretta!

Una casetta isolata in campagna, a lato della strada, le cui rovine erano ricoperte di muschio, gli ricordava quella notte che vi aveva passato, a una festa che non avrebbe mai dimenticato.

Lì diede a Marie il primo bacio e lì giurò che, qualunque cosa fosse accaduta, sarebbe stata sua moglie e l'avrebbe portata negli Stati Uniti.

Sicuramente Marie lo avrebbe atteso con ansia per alcuni mesi, o forse anni; finché, a poco a poco, le sue speranze di rivederlo sarebbero svanite.

Cosa avrebbe pensato di lui quando avesse capito che l'aveva lasciata con il frutto del suo amore?

Con un sospiro, Ayers cercò di allontanare quei pensieri. Entro poche ore sarebbe stato a Tessy. Voleva, e insieme temeva, rincontrare quella donna che gli ha dato tutto senza pretendere nulla.

"Ero un perfetto mascalzone" si disse.

Dall'apice dei suoi quarantasette anni, poteva insultarsi in questo modo, senza trovare un briciolo di scuse per il suo comportamento.

Quale sarebbe stato l'atteggiamento di Marie quando lo avrebbe incontrato di nuovo?

I tedeschi lanciarono un feroce contrattacco a dodici chilometri da Tessy. Quegli uomini sembravano ignari della stanchezza.

I suoi carri armati, i suoi soldati, le sue tattiche di guerra sono emersi quando meno se lo aspettavano, infliggendo colpi terribili alle truppe americane in marcia.

Per tredici ore la fortuna rimase indecisa, ma alla fine furono respinte la 2a e la 116a Divisione Panzer.

Un piccolo villaggio prima di Tessy fu occupato dalla Fanteria e il reggimento Ayers si raccolse in un'area a nord di esso, per continuare i loro attacchi il giorno successivo.

Il 31 luglio i quattro battaglioni del reggimento attaccarono in un turbine.

Aveva perso sedici carri armati pesanti e quattro leggeri, ma il primo obiettivo dell'operazione Cobra era a portata di mano.

Il fiume Vire scivolò pigramente verso l'Orne a quattro miglia da dove erano accampati.

Davanti a loro, i fanti stavano costruendo in fretta rudimentali trincee. Al di là, dietro una massa di vegetazione, il campanile di Tessy si stagliava verso il cielo.

Altre volte Ayers aveva visto lo stesso panorama, ma queste volte Marie era seduta accanto a lui, il viso premuto contro il suo e colonne di fumo si alzavano sulla quiete della sera ei galli cantavano.

La guerra era allora molto lontana, verso l'Oriente...

II

All'alba del primo giorno di agosto, Ayers mise in ordine di battaglia i suoi carri armati, attaccando vigorosamente la città, prendendo come asse la strada di Villebaudon.

Una colonna nemica, composta da una quarantina di camion, avanzò rapidamente lungo la sponda del fiume, per uscire dal cappio prima che si chiudesse e fu inaspettatamente attaccato dai carri armati americani, subendo ingenti perdite.

Alle dieci del mattino i primi carri armati entrarono in città, ma i tedeschi, presidiati nelle case, lanciarono contro di loro una pioggia di granate anticarro e i due mostri, feriti a morte, si fermarono sulla loro strada, bloccando la strada.

Questo dimostrò ad Ayers che il nemico non era disposto a lasciare la città così, e infatti, poco dopo ricevette la notizia che il III Battaglione era isolato a sud di Tessy.

Non gli costò alcun lavoro liberarlo, insieme alle truppe della 29a Divisione, e poco dopo, l'intera colonna in massa andò all'attacco.

Il rumore era assordante.

L'artiglieria divisionale mise sul rosso i pezzi, sparando incessantemente alla periferia del paese una micidiale pioggia di proiettili.

I tedeschi però non si arresero fino a sera, resistendo accanitamente con artiglieria e carri armati, MK-IV e MK-V, finché, infine, decimati e malconci, si ritirarono a sud del paese, mentre altre unità attraversavano il fiume . girare.

Al crepuscolo, Ayers entrò in Tessy.

Tutti i vicini erano nelle cantine e negli scantinati delle case e nessuno si è presentato alla vista dei soldati prima che fossero trascorse due ore.

Poi cominciarono ad uscire sospettosi, avvicinandosi alle truppe alleate con la paura dipinta sul volto.

I soldati yankee hanno offerto loro cioccolato e sigarette e, rompendo il ghiaccio, la popolazione civile ha fraternizzato con loro.

Roy de Ruse si preparò a prendere posizione sulla riva del Vire, ma quando stava per farlo, il comandante del battaglione lo chiamò in sua presenza.

Roy si schiera davanti a lui. Il comandante Cole lo guardò con comprensione. Roy era uno dei migliori ufficiali, se non il migliore.

Finora non aveva avuto molta fortuna, dal momento che altri meno meritevoli di lui avevano ottenuto promozioni più rapide, ma a quanto pare, la fortuna, stanca di voltargli le spalle, si degnò finalmente di sorridergli.

Era un ragazzo di ventisette anni; forte, pieno di vita, dai tratti regolari, nonostante la barba di quattro giorni che gli anneriva la mascella.

"De Ruse" disse il comandante. Devi fare rapporto al colonnello Ayers. Ha il posto di comando nell'edificio del municipio.

"Ma devo sistemare l'orologio sul fiume...

«Non preoccuparti. Lo farà un altro ufficiale. Vai subito.

"Non sai cosa vuoi?

"Immagino che niente di più. Hanno dovuto rimuovere il loro assistente dal campo.

"Ferito?

"No. Penso che stia avendo un attacco di appendicite.

"E mi chiamerai?

"Può darsi. Comunque, vai a trovarlo. Te lo dirà lui.

Roy attraversò le strade del paese verso il municipio, pieno di soldati di fanteria, seduti per terra.

Le ragazze ronzavano intorno a loro e alcune giovani francesi fraternizzavano con gli Yankees in un modo che ai loro ragazzi non sarebbe piaciuto molto.

Gli americani cercarono di farsi capire da loro in un francese stentato che avrebbe fatto venire la nausea a Moliere.

Dalle finestre delle case aperte uscivano sulla strada flebili luci, prodotte dalle lampade a olio che sostituivano le linee elettriche, distrutte dalla battaglia.

Il municipio era nella piazza del paese. Era un moderno edificio di corte, situato di fronte alla chiesa.

Una fontana ronzante e cantilenante, situata al centro della piazza, serviva da lavabo a diversi soldati, che si erano tolti gli stivali e vi avevano dentro i piedi, seduti sul parapetto.

Una ragazza le corse accanto ridendo come una matta, inseguita da un soldato americano, che stava cercando di conquistarla con una tavoletta di cioccolato.

Apparentemente non aveva avuto molto successo nei suoi sforzi, anche se la risata della giovane donna implicava che non le disprezzava l'attenzione.

"Ehi, Bill!" gridò uno di quelli che si sono lavati i piedi nella fontana." Sbrigati a conquistarla, il resto della Divisione sta arrivando.

"Questa dannata donna francese è più difficile da ridurre di una Panzer Division", rispose Bill.

Roy entrò nell'edificio del municipio, davanti al quale facevano la guardia due soldati di fanteria.

C'erano molti ufficiali nei corridoi che ricevevano ordini per il giorno successivo. Roy chiese dove si trovasse l'ufficio del colonnello Ayers e fu subito davanti a lui.

I corridoi e le stanze del Municipio erano ben illuminati grazie agli accumulatori movimentati dai tecnici della Divisione.

Roy bussò discretamente alla porta e ottenne subito il permesso di entrare.

Ayers era lì con altri due alti ufficiali che esaminavano i pianoforti distesi su due pesi, incollati l'uno all'altro.

Vedendolo entrare, avanzò verso di lui tendendogli la mano.

"Felice di vederti" disse.

Roy guardò quel viso serio e simpatico.

Conosceva molto bene il suo colonnello e aveva per lui grande simpatia e rispetto, al limite della venerazione.

Ayers era per i suoi soldati più di un capo, un compagno.

Un buon compagno che si prendeva cura di loro stessi nelle gioie e nei dolori.

Non l'aveva mai visto arrabbiarsi o essere scortese con un soldato, nemmeno quando le cose andavano male o il tanto lavoro lo costringeva a passare intere notti in bianco, i nervi sostenuti da tazze di caffè puro.

"Non ti chiedi perché ti ho mandato a chiamare? chiese Ayers sorridendo.

"Suppongo, signore. Il suo aiutante...

«Giusto, giusto, ma non è così, Roy. Mi è stato ordinato di lasciare qui uno dei miei ufficiali, come comandante militare di Tessy e della sua regione, e ho pensato a te.

"Perché io, signore? "Protesto Roy." Voglio andare avanti con il reggimento.

"Sarà questione di pochi giorni" assicurò il colonnello. Ci incontrerai più tardi, Roy, non pensare che la tua missione sarà facile. Ci sono molti tedeschi nascosti nei boschi. Devi pulire tutta quell'area, capito? Una volta fatto, si riunirà al reggimento ovunque ci incontreremo.

Roy non ha detto niente. Ayers lo guardò sorridendo:

"Ah, un'altra cosa! Ho appena proposto la tua promozione a capo divisione. Sai che quello che ti propongo lo accetti, così che tu possa già considerarti capitano.

"Lo apprezzo, signore.

«Non devi, De Ruse. Non ho problemi a dirti che sei uno dei miei uomini migliori.

"Posso ritirarmi, signore?

"Sì. Domani continueremo la marcia, ma tu rimarrai qui. Spero di non essere deluso. Tessy pullula di soldati. Sai come sono. Sempre decisi a combattere, non è raro che commettano qualche oltraggi. Non essere troppo severo con loro.

"Si signore.

Uscì dalla stanza, percorrendo il corridoio, chiedendosi chi diavolo avessero fatto l'assistente del colonnello.

La verità era che non gli sarebbe dispiaciuto occupare quella posizione.

Era una responsabilità e allo stesso tempo poteva prendere parte alla lotta, che era ciò che gli piaceva di più. Era anche una posizione appariscente in cui si facevano rapidi progressi.

Ovviamente sarebbe stato promosso, il che non era neanche male.

Ora, invece di una sezione carri armati, avrebbe comandato una compagnia di quindici carri armati.

Nel frattempo, il colonnello e gli ufficiali delle altre unità hanno continuato a pianificare le operazioni future. Ayers ha detto:

"Signori. Questa è stata la prima volta che una divisione corazzata è stata impiegata come tale in questa guerra. È stata anche la prima volta che è stato raggiunto un collegamento perfetto tra carri armati e aviazione. Conoscete già il sistema per il futuro. Quando c'è un bersaglio da distruggere, un carro si distinguerà dagli altri, dirigendosi verso di esso, un ufficiale di collegamento segnalerà il bersaglio tramite una granata fumogena... e il resto sta ai P-47.

Fece una pausa e continuò:

"Né dobbiamo fermarci, ma andare avanti, a prescindere dalle perdite e dai punti deboli di resistenza. La fanteria che ci segue pulirà il terreno più tardi. Stiamo acquisendo grandi esperienze che, correttamente applicate, accorceranno notevolmente la guerra.

"Quante vittime abbiamo subito? "Ha chiesto a uno degli ufficiali ...

"Secondo i rapporti della Divisione, circa 700 sono stati uccisi e feriti. 5.000 prigionieri sono stati catturati e 1.500 corpi sono stati raccolti. Come puoi vedere, la proporzione ci favorisce straordinariamente.

Per il resto della notte, Tessy ha vissuto la più grande effervescenza bellicosa della sua vita.

I collegamenti correvano da un luogo all'altro portando ordini e alcuni Reparti raggrupparono le proprie truppe, preparandosi a proseguire l'avanzata il giorno successivo non appena ordinato dal comando della Divisione.

Ayers ha dormito appena un paio d'ore e all'alba ha lasciato il suo ufficio, dirigendosi verso la piazza.

I soldati dormivano per terra.

Altri, più fortunati o più furbi dei loro coetanei, avevano trovato una branda in una delle poche case rimaste in piedi e quasi tutti si erano dati al riposo.

La pace dell'alba, rinfrescata da una leggera brezza, era solo occasionalmente disturbata da un colpo di cannone o da una raffica di mitragliatrice.

Quattro soldati si lavarono nella fontana in silenzio, seminudi, nudi.

Quando videro Ayers si fermarono nei loro movimenti, indecisi, ma lui fece loro un cenno, accompagnato da un sorriso e continuarono il loro compito.

I passi di Ayers lo portarono fuori dalla piazza, fermandosi davanti alla locanda che conosceva così bene. Sarebbe lo stesso dentro?

Sicuramente Jean ormai sarebbe molto vecchio e sarebbe gestito da suo figlio. Come si chiamava? Ah sì, Leone!

Era molto giovane "cinque o sei anni" quando era in Tessy, ma sarebbe cresciuto e sarebbe diventato un uomo... se i tedeschi non gli avessero tagliato la vita.

Ma la più grande impressione l'ha ricevuta Ayers quando ha lasciato la città, quando ha guardato una casetta dal tetto rosso che sembrava incastonata nel verde smeraldo dei campi e dei viali che lo circondavano.

Ventiquattro anni fa, in un giorno come questo, lui stesso, Bruce Ayers, un sergente del terzo reggimento di fanteria, stava guardando quella casa.

Allora era appoggiato a un bastone ed aveva ventiquattro anni di meno. Poi c'era Marie... e adesso...

"Forse anche" mormorò.

Come avrebbe reagito la donna al suo arrivo?

Lo avrebbe ricevuto ricordandogli la sua promessa non mantenuta?

Lo riconosceresti anche tu?

Erano domande a cui pochi passi verso la casa potevano rispondere, ma Bruce Ayers non aveva fretta di mettersi in cammino.

Lentamente si sedette sotto un frassino, accese una sigaretta e fissò gli occhi sognanti su quel tetto, lasciando che il suo pensiero tornasse indietro di ventiquattro anni.

Fu allora che conobbe Marie...

**

gennaio 1917...

I tedeschi attaccano furiosamente le truppe alleate su tutti i fronti.

Ma quell'offensiva non preoccupò più di tanto l'Alto Comando, che sapeva dai suoi agenti segreti e riferiva che si trattava dell'ultimo colpo del colosso tedesco, ferito a morte, per cercare di ottenere condizioni migliori al momento della firma dell'armistizio.

Gli americani, al comando di Pershing, si difesero coraggiosamente, dando l'esempio ai francesi sconfitti e affamati e agli adulti e freddi britannici.

Solo i belgi hanno combattuto con la loro stessa gioia, fianco a fianco.

La popolazione civile, le poche persone rimaste ad Arras, si accalcavano per evacuare la piazza, già alla portata dei cannoni tedeschi.

Sulle strade che vi conducevano, i combattenti, distrutti, trasformati in veri e propri stracci umani, convergevano verso la piazza con lo sconforto dipinto sui volti.

Gli Hulan avevano sfondato la prima linea di fuoco infiltrandosi dietro i successivi gradi di difesa.

Al galoppo dei loro cavalli, hanno cercato di sfruttare quel successo iniziale, prendendo posizioni molto indietro rispetto al fronte.

"I boches stanno arrivando...! Le bocche! "Era il grido generale.

Dal tettuccio di un camion carico di soldati e rifornimenti, il sergente Ayers esclamò:

"Sembra solo che stia arrivando il diavolo, Cristo, come hanno paura!

"Hanno combattuto per quattro anni. Sei stufo" intervenne un ufficiale.

"Suppongo che accadrà lo stesso ai tedeschi.

L'ufficiale fischiò.

"Abbasso tutti! Egli ordinò.

I dintorni di Arras brulicavano di combattenti che si gettavano a terra, stremati, rifiutandosi di fare un solo passo avanti o indietro, aspettando passivamente la morte o il momento di essere fatti prigionieri.

Diverse divisioni di ristoro, tra cui tre reggimenti yankee, erano state condotte ad Arras per contenere l'attacco tedesco.

Ben presto si diressero verso una catena di colline a nord e ad est della città, dove ingegneri e soldati della fortificazione stavano correndo per costruire una fragile linea di trincee per aiutare a contenere l'avanzata tedesca.

Bruce Ayers e la sua unità furono presto lì; combattendo al fianco di inglesi, francesi e belgi; alcuni arrivarono con loro e altri dalle forze in ritirata che avevano reagito all'arrivo dei rinforzi.

Un doppio filo spinato proteggeva le trincee, ma queste erano poco profonde.

Ayers ordinò ai suoi uomini di procedere, di scavare in loro mentre diverse sentinelle scrutavano l'orizzonte, cercando di individuare l'arrivo del nemico.

I soldati sono andati a lavorare con pochissima voglia di lavorare.

Il soldato di fanteria, il re della battaglia, prova un inveterato disprezzo per scavare trincee, credendo che questo abbassi il suo status di combattente.

Sebbene gli Yankees avessero già sperimentato quanto fosse conveniente avere una buona protezione del terreno, erano ancora nemici dello scavo.

"Ecco a cosa servono le fortificazioni", brontolò Ghuty, il texano. Quando è il momento di combattere...

"Quando verrà il momento di combattere prenderanno un fucile, se necessario", rispose Ayers.

Era un giovane di ventitré anni, tarchiato, alle prese con la vita.

"Ebbene, quello che ho detto è detto", ha risposto il texano con la caparbietà degli uomini del suo Stato.

"Va bene, amico", rispose Ayers. Dammi la pala, lavorerò per te.

Il texano si alzò.

«Dici sul serio, sergente? "Chiedo.

"Sì, vieni alla pala.

"No. Non è preciso" rispose il soldato. Questo esercizio mi si addice proprio.

Ayers sorrise. Sapeva bene come trattare i suoi soldati.

Uno di questi, un grassone che sudava copiosamente nonostante il freddo, smise un attimo di lavorare per legarsi le bende alle gambe e si intromise nella conversazione.

"E' quello che mi fa stare male certi ragazzi" disse guardando il texano. Passano la vita a scavare la terra della loro gente e poi si fanno pignoli" fece un gesto effeminato e aggiunse: scavo? Per non parlare di questo, sergente. Non sai che sono nato tra buoni pannolini? Scavare, io? Sarebbe buono! "Cambiando tono ha aggiunto": E poi? Ebbene, si scopre che hanno passato la vita a scavare patate, come succede al texano.

Lo guardò con occhi assassini e rispose:

"Maledetto grasso! Il giorno in cui potrò raccogliere i tuoi piccoli pezzi sarà il più felice della mia vita.

"Della tua vita schifosa, intendi...

"Bene. Adesso va bene. Vai. Quella trincea va approfondita", interviene Ayers cercando di evitare la disputa.

Per tutta la giornata i soldati si dedicarono al compito ea metà pomeriggio le trincee furono lasciate con soddisfazione dei capi unità, che ordinarono il resto.

"Mi sembra che i tedeschi non attaccheranno oggi" disse il grassone.

In quel momento una delle pattuglie che era uscita in esplorazione per stabilire un contatto con il nemico, tornò con la notizia che il nemico stava avanzando su un ampio fronte verso le colline difese da Arras.

"Come immagino che sarebbe stato impagabile", mormorò il texano.

I combattenti hanno preso le loro posizioni. Gli acrei alleati attraversarono la testa con un orribile rombo di motori.

"Wow, quei ragazzi" disse uno. Non so come osano volare!

Poco dopo gli aerei stavano manovrando sopra le truppe tedesche in marcia, sganciando su di loro alcune bombe quasi innocue.

A quel tempo la tecnica del bombardamento dall'aria non era ancora sviluppata e il più delle volte si effettuava lanciando le bombe a mano dal pilota o dall'osservatore, con il risultato di cooperare in larga misura al rumore della battaglia senza eventuali pratiche.

Non appena gli aerei si furono allontanati, l'artiglieria tornò in azione.

Le granate di grosso calibro esplosero tra le file dei tedeschi che già sciamavano a ridosso delle colline, provocando loro numerose vittime, che non impedirono loro di avanzare.

A sua volta l'artiglieria tedesca iniziò a bombardare le colline, stabilendo una cortina di fuoco, protetta dalla quale la Fanteria riuscì a posizionarsi a trecento metri dalle posizioni alleate.

Una granata è esplosa a due metri dalla trincea, gettandovi dentro una pioggia di terra, che è entrata loro negli occhi, nella bocca e tra i vestiti e la carne.

"Questa è la prima volta che mangio terra" disse il ciccione accigliato, sputando fango.

Come gli altri, il suo viso era quasi nero per gli schizzi di fango e limo.

Improvvisamente l'artiglieria cessò di tuonare e seguì un breve intervallo di silenzio che, sebbene non assoluto, era in netto contrasto con il rumore precedente.

Attenzione ora, ragazzi! "La voce di Ayers tuonò." Non tarderanno ad arrivare... Eccoli!

I tedeschi si lanciarono in massa contro le posizioni alleate, con un vero disprezzo per la propria vita.

Forse credevano che l'azione dell'artiglieria avesse annullato lo spirito di resistenza dei loro difensori; ma trovarono la terribile realtà di un enorme incendio che piovve su di loro da tutte le parti.

Il crepitio delle mitragliatrici si mescolava al fuoco dei fucili e alle esplosioni di granate a mano e di mortaio.

Alcuni tedeschi sono riusciti a raggiungere il filo spinato, cercando di sfondarlo, ma lì sono rimasti, colpiti da decine di colpi a terra o appesi al filo spinato, come tragiche bambole senza vita.

Un'ora dopo, mentre la luce del sole si allontanava dal suolo, come inorriditi dalla carneficina cui stava assistendo, i tedeschi cessarono il loro attacco e si ritirarono in una truppa confusa.

Gli americani cominciarono ad applaudire ed esultare con entusiasmo.

Alcuni di loro fecero come per saltare fuori dalla trincea per lanciarsi all'inseguimento, ma il filo spinato impediva il loro scopo.

"Che botte! "Esclamò un soldato." Di sicuro non vogliono tornare indietro.

"Lo pensi, ma ti sbagli," lo scoraggiò il sergente. Questa è stata solo una prova di posizioni, ma domani torneranno al carico con i carri armati.

I soldati lo guardarono a disagio.

"Credi? Chiese l'uomo grasso.

"Naturalmente. Ma non temere, ragazzo. Li rifiuteremo come facciamo ora... Ho escogitato una procedura... Certo che stasera ci sarà un po' di lavoro da fare, ma ne vale la pena. Io vado a vedere il capitano.

Cinque minuti dopo, il suo superiore ascoltò attentamente Ayers, che gli spiegò l'idea che aveva escogitato per respingere gli attacchi dei carri armati e alla fine esclamò:

"Grande, sergente! Ha carta bianca nel settore occupato dalla compagnia. Se tutto va bene, le altre unità adotteranno presto il sistema.

III

I tedeschi attaccarono di nuovo non appena l'alba del giorno successivo.

E la cosa peggiore era che il sergente Ayers aveva ragione nel pensare che lo avrebbero fatto protetti dai carri armati per distruggere il filo spinato senza esporre inutilmente la vita dei soldati.

La fronte degli Yankees si corrugò mentre fissavano le masse di mostri d'acciaio che si muovevano pigramente verso di loro, ostacolati dal fango viscido che ricopriva la terra, ma con una sinistra e minacciosa sicurezza e fermezza.

Alcuni dei soldati non avevano ancora subito un attacco di carri e iniziarono a mostrare paura, leccandosi le labbra riarse, deglutendo e persino esplodendo in urla di panico.

"Non temete, ragazzi" ha detto un veterano. Il sergente Ayers è davanti. Non permetterà loro di arrivare qui.

Dietro ogni carro marciava una ventina di uomini protetti dal mostro d'acciaio.

Questi soldati, che disprezzavano la sua vita, erano allora più pericolosi dei carri armati stessi.

In effetti, la corazza dei carri armati non era ben studiata, i loro motori non erano molto potenti e l'artiglieria che li accompagnava, e persino i mortai con cannone posizionato orizzontalmente, se la cavavano a meraviglia.

Ma la sua protezione permetteva ai soldati che marciavano dietro di raggiungere le stesse trincee nemiche e saltarci dentro, lanciando bombe a mano o combattendo con un coltello.

Erano soldati suicidi che generalmente morivano in azione.

Ma il loro eroismo fece sì che la massa degli assalitori potesse saltare in trincea, mentre i difensori di questi combattevano contro di loro.

I tedeschi furono i primi ad impiegare questa tattica, contro la quale l'intuito guerriero di Ayers aveva appena trovato il rimedio.

I carri armati si stavano avvicinando lentamente.

Erano già a cento metri dalle trincee americane quando i cannoni del '77 cominciarono a sparare contro di loro.

I soldati che si sono riparati dietro le loro masse dipinte di grigio, hanno cercato di deviarsi dai fuochi sul fianco.

Accovacciato in piccoli buchi nascosti nel terreno, Ayers e una dozzina di altri soldati li lasciarono passare, senza sganciare bombe sotto i loro motori.

Uno dei carri armati è passato così vicino al buco occupato dal sergente e un altro soldato con una mitragliatrice che era molto vicino a schiacciarli.

Improvvisamente Ayers alzò la testa, gettando da parte le assi ricoperte di terra che nascondevano il buco che occupavano, e cominciò a sparare con la piccola mitragliatrice sul bordo, allineata ai tedeschi che marciavano dietro i carri armati.

Le macchine mortali hanno svelato il loro rosario di morte.

Ce n'erano una mezza dozzina di stanza su un fronte di trecento metri che sparavano rapidamente ai tedeschi che marciavano dietro di loro, ben ignari del pericolo che si erano lasciati alle spalle.

I proiettili hanno colpito i soldati ignari, la maggior parte dei quali è caduta a terra senza vita.

Solo pochi riuscirono a salvarsi, gettandosi tra i compagni feriti.

I carri armati, senza che i loro occupanti si accorgessero dell'accaduto, continuarono la loro avanzata da soli verso le postazioni yankee, da cui si levò un grido di gioia quando videro che l'idea di Ayers aveva dato i suoi frutti.

Tre o quattro di loro sono riusciti a raggiungere il filo spinato, schiacciandoli con la loro mole.

I suoi occupanti contorcevano il viso per lo stupore; chiedendosi cosa fosse successo, quando non un solo soldato è sfrecciato attraverso le brecce.

Eppure Ayers non aveva previsto nulla, o almeno non aveva trovato una soluzione.

Un grido del suo compagno aveva il pregio di strappargli il sorriso dalle labbra.

"Guarda, sergente!

La seconda valanga tedesca era in corso.

Erano migliaia e migliaia di soldati nelle loro uniformi verdi, che scivolavano veloci verso le trincee americane. Apparentemente avevano capito cosa era successo e stavano attaccando come posseduti.

Ayers girò la mitragliatrice e gli occupanti dei buchi vicini lo imitarono.

I tedeschi erano già in testa. La macchina vomitò di nuovo fuoco.

Ayers premette il grilletto con terribile furia. Due tedeschi, che si stavano alzando da terra vicino alla buca, caddero a palla così vicini che il sergente poté intravedere i loro gesti di dolore e di stupore.

Ma la valanga era inarrestabile.

Le mitragliatrici fecero un taglio micidiale nelle strette file del nemico, senza poterlo fermare e a questo pericolo se ne aggiunse un altro.

Improvvisamente, i due uomini udirono dietro il roco rombo dei motori di uno dei carri armati e si voltarono in tempo per vedere il mostro metallico avanzare verso di loro, come una bestia diabolica, mentre sparava con le sue mitragliatrici.

"Ci schiaccerà! gridò Ayers. Salta fuori!

Mentre lo faceva, osservò con la coda dell'occhio il suo compagno che cadeva oltre il bordo del buco, colpito dai proiettili sparati dal carro armato.

Ayers rotolò di lato e il mostro lo superò, affondando il muso nel buco che aveva appena lasciato.

Un grido straziante del suo sfortunato compagno mentre veniva schiacciato dal serbatoio gli fece gelare il sangue nelle vene.

Ayers tentò di strisciare verso le trincee yankee, da cui in quel momento stavano saltando i suoi compagni, correndo incontro al nemico attraverso i fori praticati dai carri armati nel filo spinato.

All'improvviso notò un bruciore al fianco sinistro, seguito da un altro non meno doloroso alla coscia dello stesso lato.

Una specie di velo nero è stato calato da qualcuno davanti ai suoi occhi ed è stato sprofondato nell'incoscienza senza poter fare nulla per impedirlo.

La sua faccia cadde in una pozza di acqua sporca e puzzolente, ma Ayers non se ne accorse più.

Quando si svegliò, una luce accecante colpì i suoi occhi, costringendolo a richiuderli.

Sebbene non potesse girare la testa, alcune voci confuse raggiunsero le sue orecchie, ma non riusciva a capire cosa stessero dicendo.

Gli sembrava di galleggiare su una nuvola senza forma né consistenza.

Una strana figura si chinò su di lui. Poteva vedere solo i suoi occhi e parte del suo viso. La schiena era nascosta da una maschera bianca.

"Si è svegliato" disse. Anestesia.

Qualcosa di nero si avvicinò al suo viso, sentì uno strano odore e che l'aria mancava, e si dimenò disperatamente, controllando che le sue mani fossero legate da qualche parte.

Preso dall'ansia fece un respiro profondo, ma l'aria non raggiunse i suoi polmoni. Lo assalì invece una dolce sonnolenza, che presto si trasformò in un sonno profondo.

"Pronto" disse l'anestesista.

Il bisturi fece solchi sanguinanti e studiati nella carne del sergente Ayers.

Furono due ore di terribile operazione, ma alla fine il chirurgo si tolse la maschera, sorridendo soddisfatto.

"Cosa ne pensi, Morrow? Chiese al suo assistente.

"Penso che vivrà", ha detto questo.

Quando Ayers si svegliò di nuovo era in un ospedale di Parigi dove rimase per venti giorni,

Finalmente, una mattina, il medico che lo visitò, lo guardò sorridente.

Ok, sergente. Ora sei fuori pericolo. Ora ti manderemo altrove per la convalescenza. Fu così che arrivò a Tessy.

Alla periferia del paese erano state costruite cinque allegre baracche, nelle quali erano convalescenti circa trecento feriti, perfettamente curate da soldati-infermiera.

Molti di loro erano stati disabili e altri non avrebbero mai più rivisto i volti dei loro cari.

Ayers era imbarazzato di non avere altro che una cicatrice arrossata ancora sul lato sinistro e di dover usare un bastone per sostenerlo.

All'inizio, gli era permesso solo di vagare per lo stretto terreno intorno alla caserma.

Non perché non facessero uscire i soldati da questi, ma perché non gli conveniva fare molto esercizio, ma dopo alcune sedute di massaggio alla coscia, il dottore gli permise di andarsene, anche se lo avvertì:

«Non andare troppo lontano, sergente. La frattura è consolidata ma, anche così, non se ne deve abusare.

Ayers lasciò la caserma quella mattina.

Era il mese di maggio e faceva piuttosto caldo. Gli uccelli cantavano nel pergolato e la guerra era lontana.

Bruce camminava lentamente appoggiandosi al suo bastone, inzuppando i suoi sensi con i canti della natura, dopo aver affrontato l'oscurità della morte.

Il sentiero di Villebaudon si stendeva davanti a lui, liscio come il palmo della sua mano e ombreggiato da alberi di acacia.

A circa mezzo chilometro dal paese vide un tetto che sporgeva leggermente dal mare di vegetazione che lo circondava.

Ayers osservava il panorama dallo stesso posto in cui si trovava adesso, da meno di uno e tre, forse cresciuto da un figlio dell'altro.

La sua sigaretta si spense e il colonnello ne accese un'altra, seguendo il filo dei suoi pensieri.

Si ricordò che mentre guardava la casa, si accorse di avere sete e si avvicinò ad essa.

Era a metà strada quando un cane uscì dalla vegetazione, correndo verso di lui abbaiando forte, seguito da una ragazza che lo chiamava a gran voce.

Ayers si fermò accigliato quando vide che il cane era un enorme mastino, che si muoveva verso di lui con la velocità di un'auto da corsa.

Alzando gli occhi, vide il viso arrossato della ragazza e sollevò il bastone pronto a difendersi.

Vedendo il suo atteggiamento deciso, il cane si fermò a quattro passi di distanza, mostrando i denti, mentre un rumore minaccioso usciva dalle sue fauci spalancate.

Ad Ayers sembrò che stesse facendo un balzo verso di lui e fece due passi indietro, gettando il bastone sulla testa del cane.

L'animale è saltato e Ayers è caduto in avanti, sentendo un forte dolore alla gamba ferita.

La ragazza venne al suo fianco giusto in tempo per impedire al mastino di avventarsi su di lui.

"Silenzio", Nerone! Ancora! Egli ha esclamato.

Con mano ferma tenne il cane per il collare. La forza dell'animale era enorme e trascinava la ragazza nonostante i suoi sforzi.

Alla fine riuscì a farsi valere, mentre Bruce Ayers si rialzava e fissava il cane.

È stato ferito? La ragazza ha chiesto.

La sua voce era chiara e musicale. Ayers conosceva abbastanza il francese per sostenere una conversazione con qualche difficoltà, e rispose:

«No, grazie per essere arrivata, mademoiselle. Altrimenti quel cane...

"Non gli avrei fatto niente", ha assicurato. Gli viene insegnato a catturare i ladri. Li butta a terra e mette le zampe su di loro senza morderli.

"Grazie per la distinzione", ha risposto ironicamente Ayers.

"Oh, non volevo offenderti! "Assicurato il piccolo francese, arrossendo leggermente.

Ayers si rese conto che era molto bella.

No, bella, no. Interessante, piuttosto. Questo è quello che era.

I suoi occhi erano enormi, azzurri, ombreggiati da lunghe ciglia, che animavano un viso pallido, che era un ovale piuttosto allungato, pieno di vivacità.

Il naso era dritto; i capelli biondi le ricadevano in una scintillante cascata sulle spalle, che lasciava in evidenza l'ampia scollatura della camicetta.

La vita era corta. Il busto perfetto e clamoroso si muoveva ancora velocemente a causa della corsa della ragazza dietro al cane.

"Tu vivi lì? Ha chiesto Ayers.

"Sì" ha sostituito questo. vuole venire? I miei genitori saranno molto felici di conoscerti.

Ayers annuì con un sorriso ei due si avviarono verso casa.

La mano destra dell'americano si posò sul braccio delicato e corto della ragazza, che gli camminava accanto. Aveva gambe lunghe e ben fatte e un piede piccolo, calzato in curiosi mocassini di pelle.

Accanto a lui, il cane, dopo il primo momento di furia, camminava a capo chino.

Lungo un sentiero fiancheggiato da siepi, con fiori traboccanti, raggiunsero finalmente la casa.

Era ampio e davanti c'era una piccola spianata coperta da un graticcio sotto il quale c'era un tavolo rustico con intorno degli sgabelli.

"Siediti. Vado a trovare mio padre.

Ayers obbedì e il cane si sdraiò a terra ai suoi piedi.

La giovane donna tornò con una brocca di vino e dei bicchieri che posò sul tavolo.

Poi si sedette accanto ad Ayers, che si alternava lentamente, le braccia sul tavolo.

"Sei americano? Chiese lei, fissandolo negli occhi.
"Sì" rispose Ayers. Come ti chiami?
«Marie... Marie Rimer. E tu?
"Bruce Ayers.
"Ferito?
"Sì. Ora sono in convalescenza a Tessy.
"Piace?
"Un sacco di. E ora di più.
Marie accettò il complimento con un sorriso.
Ayers sospirò profondamente.
In quel luogo, nella pace del mezzogiorno e con una donna così al suo fianco, la guerra gli sembrava qualcosa di fantastico e distante che non aveva motivo di essere.

Eppure, mentre parlava placidamente con il grazioso piccolo francese, i suoi compagni combattevano, morivano e uccidevano a molte miglia di distanza.

A cosa stai pensando? Gli ha chiesto.
"In guerra. È odioso.
Marie stava per rispondergli quando sono arrivati i suoi genitori.

Era un omone forte come una quercia e non si capiva come avesse sposato quella donna, piccola e magra, in cui ciò che colpiva di più era la vividezza dei suoi occhi.

Non voleva, doveva restare a mangiare con loro e lo servivano come un re.

Alla fine, soddisfatto, si appoggiò alla parete, sentendo il torpore chiudergli gli occhi.

"Non capisco come si dice che il cibo scarseggia in Francia", ha detto. Questo è stato un banchetto degno di un re.

"Non tutti possono farlo, purtroppo," rispose Marcel, fumando la sigaretta che Ayers gli aveva dato. Il nostro giardino è grande e alleviamo anche alcuni animali. Dobbiamo stare attenti. Ce li rubano tutti. Ecco perché abbiamo "Neron". Invece il tabacco...

Fece un gesto per voler esprimere che non ne aveva abbastanza e Ayers spinse verso di lui il resto del pacco, quasi tutto.

Il pomeriggio trascorse in volo e, quando il sole tramontava all'orizzonte, Marie lo accompagnò all'ingresso del paese.

C'erano molti soldati che camminavano lungo la strada e più di un sibilo di ammirazione sfuggì alle labbra quando videro la ragazza. Uno di loro esclamò:

"Per fortuna, eh sergente?

"Non posso lamentarmi, ragazzo", rispose Ayers. Marie sorrise. Le sue labbra erano sottili e ben disegnate. Un leggero accenno di rossetto li rendeva più attraenti, scintillanti in grazioso contrasto con i suoi occhi azzurri e i suoi capelli biondi.

Era quasi buio quando raggiunsero l'ingresso del campo.

Un albero vicino prestò loro un grosso tronco di pane che, appoggiandosi ad esso, avrebbero potuto trascorrere gli ultimi minuti di quella giornata indimenticabile.

Un raggio di luna filtrava tra i rami, infrangendosi sul viso leggermente pallido della ragazza.

Ayers la guardò, sentendo il battito del suo cuore accelerare. Sorrise invitante.

"Marie" mormorò l'americano.

Il sorriso della ragazza francese si allargò.

Ayers capì che era il sorriso del "vieni qui" e si chinò leggermente su di lei, abbracciandola alla vita per assaporare il miele sulle sue labbra, morbide come il velluto.

Fu un bacio lungo, dolce, inebriante, un bacio come solo una francese innamorata poteva dare: un bacio che avrebbe lasciato un segno indelebile nell'anima del sergente Bruce.

Marie fu improvvisamente staccata dalle sue braccia.

"Ci vediamo domani" disse.

E corse via nel buio.

Ayers fissò a lungo il luogo dove la notte l'aveva inghiottita.

Poi sospirò ed entrò nel campo e andò al suo dormitorio, dove si distese sul letto.

I suoi compagni lo guardarono beffardi. Alla fine uno di loro disse:

"Ehi, non puoi staccare gli occhi dal soffitto per un momento e dirci chi è quella ragazza meravigliosa che era con te?

Ayers lo guardò sorridendo.

"Lei è adorabile", rispose.

"Non ne dubito, ma dimmi, dove l'hai trovato? Hai una sorella simile? Se è così, potresti portarmi...

«Lasciami in pace, moscón.

Il giorno dopo tornò a casa di Marie.

Insieme discesero al fiume Vire, le cui acque scorrevano dolcemente verso l'Orne.

Legati alla vita, si guardarono l'un l'altro prima di sprofondare nelle sue acque tiepide.

Marie era una nuotatrice esperta e Ayers non era male, anche se la sua gamba le dava un po' di fastidio.

Quando uscirono dall'acqua, con qualche goccia ancora attaccata alla loro pelle, si sdraiarono sull'erba, lasciando che il sole finisse di asciugare i loro corpi.

Ayers allungò la mano per prenderne una e le sussurrò all'orecchio:

"Maria, ti amo.

Lei sorrise tristemente e disse:

"Non crederci, Bruce. Al momento è un'illusione. Quando te ne andrai mi dimenticherai.

"Non potrò mai dimenticarti. Ci sposeremo prima che me ne vada o tornerò a cercarti dopo.

"Bruce...

Le labbra di Marie erano allettanti. Ayers non perse l'invito e le loro bocche si unirono in un lungo bacio.

IV

Seguirono giorni di grande felicità, durante i quali furono sempre insieme, godendo del loro affetto e della loro giovinezza.

Marie organizzò delle escursioni nei dintorni e nessuno dei due ricordava, non volevano ricordare, anzi, che tutto questo sarebbe dovuto finire prima o poi.

Giorni, settimane e fino a due mesi trascorsero a velocità vertiginosa per i due innamorati.

Alla fine, un giorno, il padre di Marie annunciò con voce solenne che la guerra stava per finire.

"Chi te l'ha detto? Ha chiesto Ayers.

"I feriti che sono venuti ieri. Dicono che i tedeschi sono negli ultimi. Si dice sui fronti che chiederanno l'armistizio."

Era la stessa storia tante volte, pensò Ayers.

Ma questa volta ha sbagliato. La notizia di un armistizio si fece sempre più insistente e finalmente la voce divenne realtà sui giornali.

Giorni dopo fu firmato a Copiegne.

La popolazione francese traboccava di gioia per le strade e le piazze, in un'esplosione di gioia incontenibile alla fine di quel massacro durato tre anni.

In Tessy non veniva celebrato meno che in altri luoghi.

I soldati convalescenti fraternizzarono con la popolazione civile.

I due innamorati hanno assistito a quell'esplosione di gioia con volti rattristati.

Alla fine, non potendo sopportarlo, cercarono la solitudine sulle rive del fiume Vire, seduti sulla riva.

"Ora te ne vai, Bruce" disse Marie, trattenendo una lacrima.

"Sì", rispose distrattamente. È molto probabile; ma tornerò, te lo assicuro.

La sua immaginazione era ora dall'altra parte dell'Atlantico, in un luogo del Kansas dove una madre amorevole e un'altra donna, di cui Marie ignorava l'esistenza, aspettavano il suo ritorno.

La piccola francese iniziò improvvisamente a piangere. Ayers, commosso, la attirò a sé, stringendola al petto.

"Non piangere, Marie. Tornerò a cercarti.

"Torna presto, Bruce. Ne ho bisogno.

Qualcosa nelle sue parole costrinse il sergente yankee a separarla dal petto con un cipiglio.

Gli occhi di Marie, velati dalle lacrime, non erano fissi nei suoi, ma erano a terra, non osando guardarlo in faccia.

"Cosa vuoi dire, Marie? Forse?...

"Sì" mormorò a bassa voce.

Bruce era stordito. La notizia paralizzò tutte le sensazioni e la sua capacità di riflettere per qualche secondo e cominciò a guardare la ragazza in un modo nuovo.

Maria era bellissima...

Non c'era nemmeno da dubitare di questo, ma dopotutto era una contadina francese.

Come l'avrebbero accolta nella loro casa se l'avesse sposata?

Non molto bene, sicuramente. Il suo matrimonio con Gladys era stato concordato da molti anni e l'intera città stava aspettando il suo ritorno affinché si sposasse.

"Sono in un bel guaio", pensò.

Non gli piaceva lasciare Marie.

Provava un affetto sincero per lei, ma da quello a sposarla...

Era una cosa a cui non aveva nemmeno pensato.

Gli occhi della ragazza caddero sui suoi, come se cercasse di leggere i suoi pensieri. Ayers sorrise con la massima nonchalance e poté esclamare, con un certo accento di convinzione:

"Ma, Marie... mi hai lasciato senza parole per la sorpresa. Faremo un bambino! È grandioso.

"Sì, ma te ne vai" rispose lei, guardando le cose dal lato pratico.

"Torno subito. Domani mi informerò bene...

"Riguardo a cosa? "L'ha interrotto." Bruce, resta in Francia. Avevi promesso di sposarmi...

Si grattò la testa, perplesso.

"Sì..." rispose a malincuore. Lo so già. E lo farò, Marie. Non esitare. Ma come capirai, devo tornare in patria, sistemare tante cose lì che... beh. Giuro che torno subito.

Marie era soddisfatta. Che altro rimedio aveva?

E un buon giorno, un brutto giorno, o meglio, con le lacrime agli occhi, vide le baracche alzarsi e i convalescenti mettere su alcuni camion che li avrebbero portati a Le Havre per imbarcarsi per gli Stati Uniti.

Suo padre era accanto a lei, ben ignaro del dramma che sua figlia stava vivendo.

Il cuore della ragazza batteva amaramente, pensando che Bruce non sarebbe mai tornato, ma non osò dirlo all'americano.

Alla fine fu il suo turno di salire su uno dei camion.

"Ciao, Marie" disse con voce roca, voltandosi verso di lei. Torno appena posso.

La tenne stretta tra le braccia, provando pietà per lei, trascinato dall'emozione del momento.

Marie rimase in Francia portando in grembo un bambino che apparteneva a entrambi.

Ayers ha giurato mentalmente di rompere il suo impegno con Gladys e tornare in Francia per adempiere come uomo con la donna che era riuscito a rendere chiari e luminosi i giorni di disperazione e noia che erano stati annunciati all'orizzonte della sua vita convalescente.

Poi strinse forte la mano di suo padre, baciò sua madre sulla fronte e salì sul camion.

L'ultima visione che ebbe di Marie fu un viso abbellito dalle lacrime e il suo corpo, che presto avrebbe perso la sua magrezza.

Quando il camion si è perso per strada, Marie è tornata a casa, con il cuore preso dall'oscura sensazione che non avrebbe mai più rivisto Bruce Ayers.

Per più di vent'anni, il destino ha realizzato il suo oscuro presagio, ma improvvisamente sembrò cambiare idea, determinando che i due si sarebbero incontrati di nuovo.

Ayers, con un sospiro, buttò giù la sigaretta e si diresse verso casa.

Per un attimo si fermò indeciso all'imbocco del sentiero.

Una figura femminile si stava avvicinando a lui e a prima vista credette che fosse Marie.

Ben presto, però, si convinse di essersi sbagliato.

La donna che camminava nella direzione opposta alla sua era una vecchia a lui sconosciuta, che lo guardava incuriosita mentre passava.

Non incontrò nessuno finché non raggiunse la casa. Il paesaggio aveva subito alcune modifiche, ma sostanzialmente è rimasto lo stesso di ventiquattro anni prima.

Ayers si guardò intorno. Una voce che echeggiò dietro di lui lo riscosse dalle sue meditazioni:

Stai cercando qualcuno?

Il colonnello si voltò. Inquadrato dalla soglia, un uomo di una certa età lo guardava incuriosito.

"Sì" rispose lo Yankee. A una donna di nome Marie.

"Marie? "L'ha chiesto all'altro." Non so chi sia... Nessuno di nome così vive qui. Non ti sbagli?

"No. Non lo sono", ha detto Ayers. "Ha vissuto qui... ventiquattro anni fa.

Il suo interlocutore scosse la testa con simpatia.

"Ah! "Rispose." Dev'essere la figlia di Marcel, giusto?

"Esatto. Cosa viene da quella famiglia? Ayers ha chiesto ansiosamente.

"Marcel è morto", rispose l'uomo. E anche sua moglie.

"E Maria?

"Si è sposato bene.
"Stai dicendo che... ti sei sposato?
"Sì. Aveva una femmina... o forse era un maschio. Non ne sono del tutto sicuro. Dicono che fosse il figlio di un americano che era a Tessy in convalescenza per le ferite riportate durante l'altra guerra" aggiunse il contadino. Bene, il fatto è che è apparso un uomo a cui non importava.
"Sai dov'è?
"No. Ha venduto la fattoria a un uomo da cui l'ho acquistata sei anni dopo. Non conoscevo Marie, ma penso che fosse molto bella.
"Sì, lo era," rispose pensieroso Ayers e l'uomo lo guardò con stupore.
"La conoscevi? Chiese incuriosito.
Ayers non ha soddisfatto la sua curiosità.
Invece salutò l'uomo con un buongiorno piuttosto secco, e si allontanò lungo il sentiero, seguito dallo sguardo dell'altro.
Ayers avanzò su Tessy pensieroso.
Marie si era sposata.
Era contento che la ragazza avesse trovato la felicità accanto a un altro che era molto più uomo di lui, riparando i danni che un certo Ayers, sergente dell'esercito americano, aveva causato. Ma... l'aveva davvero trovata?
In ogni caso, il cielo aveva concesso a Marie quella riparazione.
"Cielo; non tu" disse una voce interiore. "Eri un codardo.
Sì. Era un codardo, non osava rompere con il passato, con Gladys, con tutti e tornare in Francia, dove Marie lo aspettava senza speranza, con un bambino in braccio.
Forse la poca o nessuna felicità che aveva trovato con Gladys Vernon aveva contribuito a questo o forse il fatto che lei non gli avesse dato dei figli, il che lo faceva desiderare ancora di più da Marie.
Cosa avrei avuto? Maschio o femmina?
Qualunque cosa fosse, era ansioso di vedere il frutto del suo amore per la francese e persino per lei.

Ora che Gladys era morta, avrebbe potuto espiare la sua colpa se non si fosse sposata, ma poiché ciò era impossibile a causa del matrimonio di Marie, desiderava ardentemente vedere almeno suo figlio.

Era molto vicino alla città, dove l'animazione aumentava.

Da dietro di lui provenivano alcuni scatti isolati. Ayers guardò l'orologio. Erano le sette del mattino e un'ora dopo sarebbe iniziata la seconda fase dell'offensiva.

Un rombo sinistro discese dal cielo sopra la sua testa.

Il colonnello si fermò, fissando lo sguardo sugli uccelli metallici che venivano dal nord, portando il suo messaggio di bombe.

Erano innumerevoli e avanzavano maestosi, protetti dai combattenti.

"Sono stati puntuali" si disse.

La presenza dell'aviazione alleata che copriva il cielo, gli fece accelerare il passo verso Tessy.

Il rumore degli aerei ha appena svegliato i soldati.

Passarono sopra la città verso i loro obiettivi al di là del fiume Vire, e appena lo attraversarono, innumerevoli fiori grigi si aprirono intorno a loro in petali di schegge, dimostrando che i tedeschi si stavano ancora difendendo con le unghie e con i denti.

Poco dopo in città fu dato l'ordine di attacco.

Il tenente Roy de Ruse tentò invano di convincere Ayers a fargli attraversare il fiume alla testa della sua sezione.

Non c'era modo di ottenerlo e rimase a Tessy, mentre i carri armati formavano posizioni sulla riva del Vire.

Alle otto del mattino iniziò lo schiacciamento delle posizioni tedesche sull'altra sponda. Centinaia di cannoni di tutti i calibri stavano allora vomitando sulle postazioni costruite dai tedeschi in fretta e furia.

Sotto la sua copertura, una sezione di serbatoi anfibi è entrata nel fiume.

Era largo circa un centinaio di metri e la sua corrente era scarsa, formando in molti punti, vicino alle sponde, stagni in cui si accumulavano alghe e limo.

Mentre i carri armati e gli anfibi carichi di uomini attraversavano il Vire, l'artiglieria stava allontanando i suoi colpi sulla riva e questo era il momento utilizzato dai tedeschi per cercare di respingere l'attacco.

Improvvisamente, una vera pioggia di bombe a mano e mortai cadde sulle acque ferme del fiume.

I carri del 6° Reggimento, di stanza in linea sull'altra sponda, iniziarono a sparare con i loro cannoni contro qualsiasi punto di movimento percepissero e, grazie a ciò, i veicoli poterono raggiungere la sponda opposta.

Immediatamente i fanti scesero da loro e posizionarono le loro armi automatiche.

Il fuoco tedesco era ormai diretto contro di loro, ma nuovi mezzi, lungo tutta la lunghezza del fiume, in un fronte di quattro chilometri, scaricavano incessantemente dall'altra parte uomini e materiale che, a poco a poco, allargavano il varco verso le sponde .

Gli ingegneri costruirono un ponte di chiatte sul quale i carri armati furono rischiati, ma appena una dozzina di loro aveva raggiunto la sponda opposta quando la 116a divisione Panzer fece la sua comparsa sulla scena.

Gli Yankees avrebbero dovuto buttarsi a capofitto in acqua se non fosse stato per l'aviazione.

I veloci caccia arrivarono come sciami di vespe, evolvendosi con incredibile velocità per allinearsi con i carri armati e si avventarono su di loro, sparando i loro temibili razzi.

Molte delle auto sono andate distrutte. Altri ebbero un attimo di esitazione e, gli altri, continuarono ad avanzare verso il fiume, proteggendo la fanteria.

Cannoni anticarro, "bazooka", bombe a mano e mortai entrarono in azione per difendersi da quella valanga, mentre Ayers ordinava ai suoi uomini di svilupparsi il più velocemente possibile.

Il combattimento divenne generale.

Gli yankee non furono in grado di avanzare di un passo, ridotti a una stretta striscia di terra dalla feroce resistenza tedesca.

Ma sembravano essere legati alla terra, senza nemmeno darne una virgola, in attesa dell'esito della battaglia di carri armati che si stava svolgendo appena oltre il fiume.

Lentamente gli americani stavano acquisendo la superiorità numerica sul nemico, grazie alle auto che continuamente attraversavano il Vire dai ponti costruiti su di esso.

Tuttavia, le "Tigri" della divisione Panzer si stavano difendendo bene e stavano dando alle truppe di Ayers un lavoro come non avevano mai fatto prima.

Improvvisamente, i tedeschi iniziarono a ritirarsi verso sud, a grande velocità, seguendo la linea del fiume.

Dalla torre del suo carro pesante Ayers seguì il suo movimento con i gemelli di campo

"Non so cosa sta succedendo", ha detto al suo assistente. Il punto è che rinunciano alla lotta.

Ha spiegato presto. Era la radio che si occupava di farlo.

Le truppe del Comando di combattimento A, operanti a valle del Vire, tra Le Mesnil Herman e Le Mesnil Opac, avevano incontrato meno resistenza durante l'attraversamento del fiume.

Stavano ora avanzando lungo la sua sponda destra, compiendo un movimento avvolgente per accerchiare le truppe tedesche fissate al suolo dal reggimento carri armati e dalle truppe di accompagnamento.

Ayers intravide subito il successo che avrebbe potuto ottenere se fosse riuscito a sfruttare la ritirata tedesca.

"Persecuzione! Ha ordinato brevemente.

Il reggimento fece un semicerchio e tutti i carri rimasti intatti si precipitarono a casa dietro i soldati tedeschi, che stavano combattendo in completo disordine.

Quaranta carri del 116° Panzer cercarono di mettere ordine nella ritirata, ma furono schiacciati dal numero superiore di carri alleati.

I tedeschi, perse la speranza di poter ricevere l'aiuto dell'aviazione, a causa dell'assoluto dominio del cielo, che esercitava sugli alleati, si ritirarono rapidamente verso l'Oriente, alla ricerca di nuove posizioni.

L'intera Seconda Divisione Corazzata si precipitò dietro di loro, lasciando lo sgombero del terreno alle cure della fanteria.

Molti gruppi di tedeschi, quando furono colpiti, si rifugiarono dietro muri e siepi, organizzando piccoli gruppi di resistenza che diedero molto da fare ai carri armati.

L'ordine di Ayers era di avanzare rapidamente, superando anche le unità tedesche in ritirata, e lo fece, prendendo come assi di marcia le strade che portavano a Falaise e ad Argentan.

Il varco aperto era largo circa due miglia e le auto venivano gettate attraverso di esso in un'inondazione incontrollabile.

In lontananza si vedevano le case di una cittadina minore.

Ayers fermò il suo carro armato a lato della strada e gli altri carri, spinti dal colonnello, iniziarono a sfilare.

Quindi, ha ordinato all'autista di andare sull'altro asse di marcia da una strada secondaria.

Altri quattro carri armati lo accompagnarono.

Non si notava in lui il minimo segno di vita. A quanto pare, i tedeschi si sono arresi all'evidenza che non potevano fare nulla contro quella massa d'acciaio.

Accanto alla strada sorgeva un piccolo boschetto di pioppi, tra i quali scorreva uno stretto ruscello.

I cinque carri armati marciavano a buona velocità, scrutando i campi in tutte le direzioni.

Improvvisamente, un proiettile si è schiantato contro uno di loro.

Il mostro si fermò di colpo, ferito a morte, immediatamente una lingua di fuoco eruttò dal motore.

I suoi occupanti si lanciarono fuori, ma non tutti riuscirono a saltare a terra prima che le granate d'artiglieria al suo interno esplodessero.

Non si erano ancora ripresi dalla sorpresa, quando un nuovo boom risuonò tra i pioppi e un secondo dopo vide un altro carro armato tagliato fuori dallo sparo.

Non c'era dubbio che l'anticarro fosse presidiato da un abile artigliere.

I tre serbatoi rimanenti sono stati dispersi.

L'equipaggio dei due distrutti ha cercato di rifugiarsi dietro di loro, ma due mitragliatrici hanno crepato nel viale, colpendoli e impedendo loro di raggiungere il loro obiettivo.

Ayers si accigliò. Il centro commerciale sembrava troppo grande e denso per rischiare di essere attaccato.

L'anticarro, invece, era ben nascosto, mentre presentavano tre fantastici bersagli.

Questa volta, nonostante il loro potere, l'armatura poteva fare ben poco contro il nemico nascosto dietro il boschetto.

Ayers digrignò i denti con rabbia e ordinò di tornare.

Lo fecero, sparando cannonate dopo cannonate contro il viale, senza rendersi conto che il pericolo non era solo lì, a causa della scarsa visibilità che si godeva dall'interno dei mezzi.

Improvvisamente, un terzo carro armato è stato colpito, ma questa volta di lato e non da colpi sparati dal viale, ma da un gruppo di soldati, muniti di "bazooka", che occupano un imbuto prodotto da una bomba dell'aviazione.

Il carro armato di Ayers si lanciò verso di loro, sparando con i suoi cannoni e mitragliatrici. Il servitore del bazooka cadde a terra, ferito al petto, ma un altro prese il suo posto, lanciando tre proiettili contro il colosso d'acciaio.

Ayers sentì improvvisamente una specie di martello colpire l'armatura e il carro si fermò.

Il suo assistente ha aperto la porta della cabina di guida angusta, controllando che fosse morto.

L'armatura era crollata dall'impatto, schiacciando il torace dello sfortunato soldato e le parti principali del motore.

"Siamo lucidi", mormorò Ayers.

I loro carri armati sfilavano davanti a loro su due strade, ma la distanza era grande e questo, unito al rombo dei motori, impediva loro di rendersi conto di quanto stava accadendo.

Un secondo impatto colpì l'armatura, squarciandola.

"Fuori! Ordinò Ayers.

"Ci spareranno", rispose il suo assistente.

"Qui siamo ben cacciati.

Fu il primo a saltare fuori dal carro, cercando di proteggersi con la torretta.

Una raffica di proiettili lo inseguì mentre balzava verso il lato nord del carro.

L'altro carro armato è venuto in suo aiuto, proteggendosi dal "bazooka" con l'auto in panne e, grazie a questo, quattro servitori del veicolo hanno potuto incontrarsi con Ayers.

"Indietro! Ho ordinato questo.

Il carro armato iniziò a farlo lentamente, proteggendo i quattro uomini.

I tedeschi non erano determinati a far scappare la preda e saltarono fuori dall'imbuto, schiantandosi al suolo.

Altri soldati lasciarono il viale e avanzarono verso i carri armati, lasciando abbastanza spazio tra loro per consentire al cannone anticarro di continuare a sparare.

La distanza era troppo grande per lui per avere la possibilità di colpirli, ma i proiettili esplosero su entrambi i lati del carro in ritirata, mettendo in pericolo la vita degli uomini che proteggeva.

"Fuggite! esclamò Ayers.

Gli occupanti del veicolo questa volta non gli hanno obbedito.

Il passaggio degli uomini impose loro una marcia lenta e pericolosa, ma rimasero fermi a terra, proteggendo il loro capo e gli uomini che lo accompagnavano.

Diversi tedeschi caddero a terra per non rialzarsi, colpiti dalle due mitragliatrici del carro, ma gli altri riuscirono a sgonfiarlo, circondandolo.

Una nuvola di bombe a mano è caduta sul dispositivo.

Una mezza dozzina di loro sono esplose sotto di lui, spezzando la catena e danneggiando il motore.

I suoi occupanti tentarono ancora invano di difendersi.

Ayers, pistola alla mano, si preparò a respingere l'attacco tedesco, vendendosi cara la vita.

Una granata che esplose molto vicino a lui, spostando vertiginosamente l'aria, lo gettò indietro.

La sua testa si scontrò con l'armatura del carro armato e si sentì sprofondare in un abisso senza fondo.

Tutti i suoi sforzi per alzarsi furono inutili.

Le sue ginocchia cedettero e cadde a terra.

L'ultima visione che ebbe della mischia, furono i soldati al suo comando che furono lasciati vivi, gettando le armi e alzando le braccia al cielo.

Una mitragliatrice crepò ei proiettili si schiantarono bruscamente contro l'acciaio, trapassando i corpi di chi aveva chiesto pietà senza ottenerla.

V

Quando rinvenne, era già notte e i suoi occhi impiegarono molto tempo ad abituarsi all'oscurità.

Alla fine si accorse di essere steso a terra, in mezzo a un gruppo di alberi i cui rami gli impedivano di vedere il chiaro di luna.

Qualcuno si stava muovendo intorno a lui e Ayers udì alcune parole pronunciate a bassa voce.

Invano cercò di ricordare cosa fosse successo.

Il suo cervello si rifiutava di obbedirgli, forse a causa del terribile mal di testa che sentiva, e si dimenava irrequieto.

Il soldato che stava immobile accanto a lui, disteso a terra, osservando i suoi movimenti, disse:

"Mio tenente. Il prigioniero si è svegliato.

Ayers si irrigidì alle parole, pronunciate in tedesco.

Conosceva bene quella lingua e gli sembrava di aver sentito la sua condanna a morte.

Poi, come in una proiezione cinematografica, tutto ciò che è accaduto è passato attraverso la sua memoria in un attimo fugace.

Un uomo gli si avvicinò, accucciandosi accanto a lui. Ayers si sforzò di intravedere il suo viso, ma non ci riuscì.

"Parli tedesco? Ha chiesto.

"Sì" rispose l'americano.

"Sei nostro prigioniero. Come stai?

"Abbastanza bene. Che fine hanno fatto i miei uomini?

"Sono morti tutti", rispose conciso l'ufficiale. Pensavamo fossi morto anche tu, ma sei stato abbastanza fortunato da sfuggire a questo.

Fortuna! Ayers pensava che sarebbe stato meglio per lui morire insieme ai suoi soldati, ma non disse nulla.

L'ufficiale parlò di nuovo:

"Lei è un colonnello, vero?

Ayers ha risposto affermativamente, pensando che sarebbe inutile negarlo.

"Vi auguro un po' di informazioni" aggiunse l'ufficiale tedesco.

Parlava a bassa voce e la sua voce era colta ed educata. All'americano sembrava che stesse vivendo qualcosa di irreale. Si alzò lentamente, sedendosi per terra.

"Non aspettartelo da me", rispose.

"Ascolta" ha proseguito il suo interlocutore. Non ti chiederò l'importanza delle truppe in combattimento o il nome delle divisioni che ci attaccano. Dirai tutto questo in un altro posto, se usciamo bene da qui, cosa di cui dubito. Voglio solo sapere quali sono i tuoi percorsi di anticipo. Siamo cento uomini ben armati. Ho inviato un paio di pattuglie a sud e torneranno presto. Poi inizieremo, ma voglio sapere quanto è ampio il divario.

"Circa due miglia", rispose Ayers.

"Grazie" rispose il tedesco. Il colonnello Ayers "continuò, e l'americano si rese conto che lo avevano perquisito", non nascondo che siamo in un brutto passo, ma cercheremo di arrivare alle nostre linee. Non so nemmeno dove sei, ma so che non ti sei ancora preso la briga di aumentare il divario. Immagino che camminando verso sud...

"Non hai alcuna possibilità di scappare", lo interruppe Ayers. È meglio che si arrendano.

"Peggio per te se non posso", rispose l'ufficiale cupo. Per quanto riguarda la rinuncia, è l'ultima cosa che ho intenzione di fare.

Ayers soppesò la situazione. Un centinaio di tedeschi si erano nascosti in quel viale, che i loro carri armati avevano lasciato, e avrebbero cercato di raggiungere i loro compagni camminando verso sud.

L'idea non era male e indicava che l'ufficiale tedesco aveva cervello, dal momento che il Comando alleato era preoccupato per il momento di avanzare verso est, per poi rivolgere le proprie unità verso il mare per catturare il nemico.

In quel momento, l'arrivo di diversi soldati lo distolse dai suoi pensieri.

Uno dei nuovi arrivati informò l'ufficiale che la strada per il sud era sgombra. L'ufficiale si chinò di nuovo sul suo prigioniero.

"Colonnello Ayers" disse, "non ti legherò le mani se mi dai una parola per non cercare di scappare. Ci mettiamo in marcia tra pochi minuti.

"Non posso dartelo. Vi avverto fedelmente che cercherò di fuggire non appena se ne presenterà l'occasione.

"Questo mi costringerà a essere duro con te.

I soldati si stavano preparando per la marcia.

Il cannone anticarro, che li aveva serviti così bene, fu lasciato tra gli alberi. Invece, caricarono il resto dell'attrezzatura, incluso il bazooka.

Ayers sentì qualcuno legargli saldamente una corda al polso destro.

"Attaccalo alla cintura" ordinò l'ufficiale. Sei stato cercato bene?

«Sì, mio tenente. Non ha armi affilate con sé.

Ayers non riusciva a vedere il volto dell'uomo a cui era legato, ma intravide i contorni del suo corpo e sembrava un individuo alto e tarchiato.

"In movimento" ordinò l'ufficiale.

I soldati lasciarono il boschetto di pioppi come una processione di figure spettrali, avanzando verso sud.

Una dozzina di loro faceva strada, dislocati in fila per i campi immersi nell'oscurità, i fucili pronti per essere usati.

L'ordine era di evitare il più possibile ogni rumore che potesse denunciare la loro presenza.

L'ufficiale tedesco doveva conoscere perfettamente l'arte di fare la guerra al buio.

Aveva diviso la colonna in gruppi che avanzavano per gradi.

Il primo, composto da una dozzina di esploratori, sarebbe arrivato a una certa distanza dal secondo, dove si sarebbe fermato ad osservare i dintorni.

Solo allora un collegamento ha avvertito il secondo gruppo, in modo che potesse continuare l'avanzata e prendere il posto lasciato dal precedente.

In questo modo la marcia era lenta, ma sicura, e non correvano il pericolo di essere travolti in massa.

Ayers una volta chiese al tedesco alla cintura che ore fossero.

"Due del mattino" rispose il tedesco. Il colonnello pensò con desiderio a Tessy e al tenente Roy, che sarebbero stati in città per riposarsi.

Poi cercò di immaginare l'agitazione che la sua inaspettata scomparsa avrebbe causato tra i suoi uomini.

In due o tre occasioni il tedesco controllò i nodi della corda senza dire una parola, e un'ora dopo si trovò di fronte all'americano.

"Penso che il pericolo sia passato", ha detto. Abbiamo percorso un paio di chilometri ed eravamo al centro del gap.

Ma, per ogni evenienza, continuarono ad avanzare a balzi, allo stesso modo di prima, dando l'opportunità ad Ayers di controllare da vicino la disciplina dei soldati tedeschi.

Nessuno di loro ha nemmeno pensato di disertare, pur sapendo di essere stato sconfitto.

Sarebbe stato facile per loro staccarsi dalla colonna, approfittando dell'oscurità che li circondava e restando nel campo, tranquillamente sdraiati sull'erba, ad attendere l'arrivo del giorno successivo quando sarebbero stati catturati dagli alleati truppe.

Infine, l'ufficiale, considerato che il pericolo era passato, decise che dovevano avanzare in colonna e lo fecero per un'altra ora, al termine della quale ordinò:

"Alto! Ci accamperemo qui fino all'alba.

Ayers ha capito perché.

Il militare tedesco non voleva che i suoi compagni li scambiassero per una pattuglia alleata e li sparassero.

Si sdraiarono tutti a terra, stanchi, ma soddisfatti di essere scampati al pericolo.

Sicuramente alcuni di loro si stavano infuriando per aver fumato una sigaretta, ma nessuno lo faceva.

Non appena la luce dell'alba cominciò ad apparire ad oriente, l'ufficiale si alzò in piedi.

Il terreno davanti a loro era liscio come il dorso della mano.

In lontananza si alzavano alcune colonne di fumo che indicavano l'ubicazione di una cittadina, e il tenente ordinò a una pattuglia di avvicinarsi a lui per indagare in che mani fosse.

La pattuglia non tardò a rientrare, ma non da sola, ma accompagnata da molti soldati tedeschi, appartenenti a unità che non avevano ancora combattuto e la cui missione era impedire che il divario si allargasse verso sud.

Subito dopo, tutti insieme, iniziarono la marcia verso la città. Ayers era in testa, tra due ufficiali che chiacchieravano animatamente.

"Che città è? Chiese a colui che lo aveva catturato.

"Dumont-sur-Vire" rispose l'altro.

Il cuore di Ayers sussultò al suono di lui. Il fiume Vire girava a est, a sud di Tessy, ma se fosse riuscito a scappare, avrebbe dovuto solo seguire la sponda del fiume per arrivare a questo punto.

Era ironico che i suoi compagni si trovassero molte miglia a est, in piena libertà, mentre lui, prigioniero, era rimasto indietro.

Tutto era spiegato perché gli alleati si preoccupavano solo di piantare cunei profondi nel dispositivo di difesa tedesco, in modo da dominare il terreno in profondità, ma non in larghezza.

Potevano permettersi di farlo perché i tedeschi non avevano abbastanza truppe per contrattaccare i cunei sul fianco e lasciare intascate le forze che avanzavano.

In un certo senso, furono vittime della stessa tattica che usarono contro i russi.

Mezz'ora dopo entrarono in città.

I dintorni di Dumont pullulavano di soldati, carri armati e artiglieria, perfettamente mimetizzati per evitare gli attacchi dell'aviazione alleata.

"Non riesco a capire come non attacchino il cuneo laterale", si disse Ayers. Devono essere disorientati.

Numerosi connazionali vagavano per le strade di Dumont, fissando i tedeschi con poca amicizia.

Nei loro occhi brillava la speranza che se ne sarebbero andati presto, ma non osavano esprimerla.

Mentre il corteo, con Ayers in testa tra i due ufficiali, si faceva strada per le vie del paese, la popolazione civile si voltava chiedendosi fra loro chi fosse questo ufficiale caduto nelle mani dei tedeschi.

La notizia si diffuse di bocca in bocca più velocemente della colonna, tanto che, quando raggiunse la Plaza del Ayuntamiento, nel cui edificio era installato il "Komandatur", una grande folla vi si accalcò, fissando avidamente l'americano.

Ayers roteò gli occhi intorno a sé serenamente.

La sua alta statura dominava la maggior parte dei presenti. Più di una donna gli sorrise timidamente, come se volesse incoraggiarlo.

La piazza di Dumont-sur-Vire era come quella di innumerevoli villaggi francesi che conosceva.

Aveva al centro l'immancabile fontana a catino in pietra, il Palazzo Comunale da un lato, la chiesa dall'altro e i due lati rimanenti costituiti da case con balconi in legno, continue, in puro stile normanno.

Lo sguardo di Ayers si soffermò su uno di loro.

C'era una donna lì, che lo fissava, come se rifiutasse di credere a ciò che stava vedendo.

Una donna dal viso avvizzito, ma i cui occhi proclamavano la bellezza che doveva possedere in un altro tempo.

Il cuore dell'americano sobbalzò di colpo.

Erano passati molti anni, ma o si sbagliava molto, o quella donna era Marie.

Stava per urlarle o farle un segnale, ma proprio in quel momento la donna scomparve dal balcone e lui si ritrovò nel corridoio del palazzo del Comune con il cuore corroso dal dubbio.

"Potrebbe essere Marie? "si chiese". Mi ha riconosciuto?

Il destino aveva quei capricci crudeli.

Si era aspettato di trovarla nel bel mezzo del trionfo.

Ed ecco, come fosse una punizione per il suo abbandono vent'anni prima, quando la rivedeva era un prigioniero triste e solitario che non poteva parlarle, esattamente come se fosse dall'altra parte del mondo.

***

Da dietro il vetro del balcone, Marie fissò la figura di Ayers finché non si perse nell'ingresso.

Poi si lasciò cadere sul letto, seduta sul bordo, lo sguardo fisso su un punto della parete che non si vedeva nemmeno.

«È lui, mio Dio! "Ha mormorato." È lui!

Il caso ha riunito i due in una piccola cittadina francese dopo una separazione così lunga.

Il viso di Marie conservava tratti di innegabile bellezza nonostante la sua età.

Era vestita con austere vesti nere, che la facevano sembrare più vecchia di quanto non fosse, ei suoi capelli, bianchi alle tempie, annunciavano le sofferenze che aveva sopportato.

L'assalto della vita aveva temperato il suo umore e iniziò a chiedersi se la presenza di Ayers a Dumont-sur-Vire avrebbe cambiato il corso della sua vita.

"No" mormorò energicamente. Non ti permetterò nemmeno di vedere mia figlia.

"Tua figlia è anche sua" rispose una voce interiore.

"Non sa nemmeno di esistere" sentì di nuovo la sua coscienza. Domani partirò di qui fino a... Fino a che cosa, mio Dio?

Per alcuni minuti, la donna ha combattuto violentemente con se stessa.

Da una parte combatteva l'odio per Ayers, per l'uomo che l'aveva abbandonata; dall'altro, il pensiero di essere il padre di sua figlia e lo stato pietoso in cui si trovava.

Forse posso fare qualcosa per lui, si disse, ma perché dovrei? Ha avuto compassione di me quando mi ha lasciato con la ragazza...?

Alla fine, il suo cuore gentile e il suo istinto di donna hanno vinto la battaglia.

"Ti aiuterò per quanto posso", disse, "ma non vedrà Ivette.

Ma dubitava anche che sarebbe stato in grado di mantenere quest'ultima posizione se fosse riuscito a vedere Ayers e Ayers gli avesse chiesto di fargli vedere la ragazza.

Lo aveva amato così tanto che, nonostante si fosse sposata, una fiammella dedicata a quell'uomo era sempre stata accesa in un angolo del suo cuore.

Al ricordo di quegli anni felici un lieve sorriso comparve sulle labbra della donna, addolcendo i suoi lineamenti.

Dopotutto, ha lasciato Ivette con me, si disse. Cosa mi sarebbe successo senza di lei?

La ragazza era stata la consolazione della sua vita.

Ivette era cresciuta allegra e contenta, ignorando tutto.

Per lei suo padre era Louis Beltrand, morto cinque anni prima, quando lei aveva diciassette anni, e non un americano di nome Bruce Ayers, di cui non aveva mai nemmeno sentito parlare.

«Non deve sapere niente», mormorò Marie. Se riesco a vederti ti avverto di non dirti niente.

Aveva una certa preponderanza in città, per via della fortuna ereditata dal marito.

I vicini di Bumont la chiamavano la vedova, e non erano certo molto contenti dell'amicizia con cui sembrava accogliere i tedeschi.

C'erano quattro alti ufficiali che stavano a casa sua.

Marie li ha trattati con correttezza, ma da lì non è successo. Tuttavia, i suoi connazionali mormorarono.

Forse volevano che mettesse del veleno nel loro cibo.

"Forse attraverso la sua mediazione posso vederlo e aiutarlo", si disse.

In quel momento si sentì bussare discretamente alla porta e la voce di Ivette echeggiò fuori dalla stanza, costringendo Marie a voltarsi.

"Mammina...

Entra, figlia.

Ivette Ayers entrò nella stanza.

Era sua madre di vent'anni più giovane. Alta, snella, i capelli biondi che incorniciano un ovale leggermente allungato; gli occhi azzurri, il naso all'insù...

Marie la guardò rapita. Per lei, sua figlia era l'unica cosa che contava ed esisteva al mondo.

Solo lei conosceva la verità sulla sua nascita.

Cosa direbbe sua figlia se sapesse che suo padre non è Louis Beltrand, ma un colonnello americano che attualmente è prigioniero dei tedeschi, così vicino e così lontano da loro allo stesso tempo?

"C'è qualcosa che non va, mamma?" Chiese Ivette con voce cantilenante. Ti stavo aspettando per colazione. Sai che dobbiamo andare...

"Non andiamo da nessuna parte, figlia" rispose Marie.

"Perché?

"La guerra è troppo vicina. Gli americani hanno preso Tessy ieri.

Ivette si sedette accanto a lui sul letto.

"Mamma. I tedeschi hanno portato un prigioniero. Dicono che sia un colonnello americano.

Il cuore di Marie sobbalzò a quel suono.

"Tu... l'hai visto? "Chiedo.

"Sì" rispose la ragazza. È alto e molto bello... Avrà circa quarantotto anni. Sembrava molto infelice.

«È naturale, figlia. Dopotutto, è un prigioniero.
"Cosa gli faranno?
"Probabilmente niente. Solo nel caso in cui sembrino smarriti e facciano resistenza o non riescano a togliersela... comunque. Non pensare al peggio. In fondo che importa a noi? chiese Marie, quasi ferocemente, come se le addolorava che sua figlia si interessasse tanto ad Ayers.
"Niente, davvero" rispose la ragazza. Molti pensano che gli americani combattano per noi, ma io no. Penso che quello che fanno è distruggere i nostri campi e le nostre città...
"Ivette! "Esclamò la donna." Per favore, non parlare così...
"Non è vero? Se non fossero venuti in Francia... beh, supponiamo che i tedeschi se ne sarebbero mai andati, lasciando intatte le nostre case. Invece di questa forma... Oh, mamma! Odio la guerra, odio i militari e io odio soprattutto quei maledetti yankee, sono presuntuosi...
Marie la guardò a bocca aperta come se la vedesse per la prima volta.
Ivette non si era mai manifestata in quel senso davanti a lei, anche se forse aveva ragione in quello che diceva.
L'aviazione alleata aveva distrutto il college di Alee, dove aveva ricevuto un'istruzione.
Diverse suore e studentesse sono state uccise nel bombardamento e non è stato sorprendente che la ragazza la pensasse così.
"Va tutto bene, figlia. Facciamo colazione" disse.

VI

Gli Alleati continuarono ad avanzare verso Parigi, ma per il momento le loro unità combattenti si dirigevano a nord, pensando che i tedeschi, essendo così fiancheggiati e lontani dalle loro basi di rifornimento, si sarebbero ritirati dalle loro posizioni occidentali, senza che nessuno glielo dicesse. molestare te stesso.

Marie, usando la sua influenza con i militari tedeschi che stavano a casa sua, assicurò un colloquio con il capo del settore, un colonnello alto e grasso, che pregò di permetterle di vedere Ayers.

Il tedesco la guardò sospettoso.

"È imparentato con te? "Chiedo.

"No. Semplicemente noto.

"Da quando?

«Dall'altra guerra.

Il colonnello ha ceduto alle affermazioni di Marie e ha concesso l'intervista.

Ayers era detenuto in una stanza sul retro dell'edificio.

Una finestra sbarrata sovrastava uno spazio giardino accanto al quale un soldato tedesco faceva costantemente la guardia.

La porta si apriva su un piccolo spazio quadrangolare e di fronte ad esso ci sarebbe stata una stanza per la nanna dei soldati della guardia "Komandatur".

Preceduta da un ufficiale, Marie arrivò alla porta, che ordinò di aprire il soldato che era davanti a lei.

"Entra, signora", disse a Marie in un francese corretto. Torno da te tra dieci minuti.

La donna obbedì. L'ufficiale si mise di fronte al soldato, dandogli ordini in tedesco, ed entrò nella stanza dietro Marie,

Ayers era seduto su una sedia che, insieme al tavolo e al letto, componeva tutti i mobili della stanza.

Quando vide Marie apparire sulla soglia, si alzò e rimasero entrambi senza parole, fissandosi in silenzio per qualche secondo.

Alla fine Ayers borbottò.

"Maria!

Scosse la testa, riassumendo così il rimprovero che stava per uscire dalle sue labbra.

Ayers la guardò di nuovo, ignaro dei sentimenti che si agitavano nel cuore del suo visitatore.

Perché era venuta a trovarlo?

Forse per aiutarlo o forse per rimproverargli il suo comportamento precedente e divertirsi a conoscerlo giù?

"Bruce" iniziò a dire. Mi dispiace che ci troviamo di nuovo in questa situazione... Sono venuto a chiederti se posso fare qualcosa per te.

Il cuore di Ayers si è allargato quando l'ha sentita.

"Siediti qui" disse, offrendole la sedia.

Mentre Marie lo faceva, il soldato chiuse la porta della stanza, appoggiandosi ad essa.

Ayers lo guardò, chiedendosi se conoscesse il francese, anche se molto probabilmente lo sapeva, visto il tempo in cui avevano occupato la Francia.

"Come ti senti, Bruce? Chiese esitante Marie.

"Puoi immaginare" rispose, in piedi davanti alla donna. Marie... penserai che sono una canaglia e hai tutto il diritto di farlo, ma per favore non giudicarmi troppo duramente... io...

"Lascia perdere, Bruce. È passato molto tempo da ricordare. In un certo senso, devo esserti grato per avermi dato una figlia.

"Allora, era una ragazza?

"Sì.

Ayers camminava davanti a lei. Poi si è fermato di nuovo.

"Perché non l'hai portato?" chiedo.

«Ecco perché sono venuto a trovarti. Non devi vedere Ivette.

"Per quale motivo? Chiese, perplesso.

Capiscilo. Ivette non sa che sei suo padre. Si crede che sia la figlia di un onesto contadino francese, Louis Beltrand, morto cinque anni fa. Il colpo sarebbe stato troppo terribile per lei.

"Perché la pensi in questo modo? Bruce chiese di nuovo.

"È molto semplice. Ti sarai sicuramente sposato e avrai dei figli in America. Non puoi riconoscerla. Un giorno partirai di nuovo e saremo di nuovo soli in Francia. Lascia le cose come stanno. Tutti credono che Louis Beltrand fosse suo padre. Se trasmettiamo la storia...

Marie era libera!

Una determinazione prese improvvisamente piede negli animi di Ayers.

«Può soffrire della reputazione di Ivette... e della tua, no? "Chiedo.

"Il mio non conta più; ma di Ivette, sì.

Ayers sorrise leggermente.

"Ascolta, Marie" disse infine. La mia vita non è stata affatto felice. Sembra che il Cielo abbia voluto punirmi per averti abbandonato. Ho sposato una donna, gelosa ed egoista, che non mi ha dato figli. La sua morte, Dio mi perdoni, è stata come una liberazione per me. Questo è successo un mese prima dello scoppio della guerra, quando mi stavo preparando a venire in Francia, puoi immaginare per cosa?

Si alzò.

Ayers la fissò in viso, in cui ora brillava uno sguardo che gli ricordava la Marie che aveva conosciuto, e il petto le pulsava.

"Vedo che l'hai capito" continuò. Non hai torto. Volevo cercarti. Incontra te e mia figlia. Eri quanto avevo... quanto ho "rettificato" in questo mondo. E ora mi chiedi di non vedere Ivette. Fammi vedere, Marie. Com'è?

"Proprio come avevo io alla sua età" mormorò la donna, sentendosi disarmata.

"Se questo finisce bene per tutti, io e te ci sposeremo", ha risposto Ayers. Ivette non avrà nulla di cui vergognarsi.

"Ma... è impossibile," balbettò Marie.

"Impossibile, perché? Sei vedova e lo sono anch'io. Se hai più figli io...

"Non c'erano bambini nel mio matrimonio", lo interruppe Marie.

Meglio che meglio. Ci sposeremo e vivremo in Francia o andremo in America», rispose Ayers. E aggiunse, prendendo entrambe le mani della donna: «Marie, non siamo ancora vecchi. Possiamo goderci la vita e, soprattutto, riparare in parte il male che ti ho fatto. Non mi permetti di offrirti questa riparazione?

La donna ritirò lentamente le mani, lasciandosi cadere di nuovo sulla sedia.

"Non lo so" disse. Non lo so... sono così sbalordito! Sono venuto qui solo nel caso potessi aiutarti con qualcosa e pregarti di non fare nulla per vedere Ivette, ma... ora...

Cosa direbbe Bruce se sapesse che Ivette odia gli americani?

Sicuramente avrebbe capito la reazione della figlia quando le aveva spiegato il motivo di quell'animosità, ma non se la sentiva di farlo, distruggendo l'illusione di Ayers.

La riparazione tanto attesa era arrivata, ma dopo tanto tempo e in tali circostanze, era quasi preferibile che tutto fosse rimasto com'era.

"Beh, cosa decidi?

"Fammi pensare", supplicò Marie.

"Non hai molto tempo per farlo. La sentinella mi ha detto che presto sarò trasferito su un altro sito. Gli eventi stanno andando molto velocemente, Marie. I miei compagni non tarderanno ad arrivare. Adesso sono più interessati al Nord, ma la loro avanzata costringerà i tedeschi a partire e a portarmi con loro. Vorrei avere una risposta definitiva quando ciò accadrà.

Un bussare alla porta interruppe la conversazione.

Il soldato girò la chiave nella serratura ed entrò l'ufficiale che stava davanti ad Ayers, salutandolo militarmente, chinando per tutto il tempo la testa in un leggero inchino a Marie.

"Mi dispiace" disse. Il tempo a disposizione per il colloquio è trascorso.

Marie si alzò, tendendo la mano ad Ayers.

"Ciao" disse. Avrai presto la risposta.

"Lo spero", rispose l'americano, premendo leggermente la mano della donna tra le sue.

Accompagnata dall'ufficiale, Marie lasciò la stanza lasciando Bruce Ayers sprofondato in una gioia come non provava da molto tempo.

Nonostante la sua situazione, era felice.

Marie lo amava ancora, ne era sicuro, e poi non poteva dimenticare che era il padre di Ivette.

La risposta sarebbe sicuramente sì.

Poteva ancora trovare, nella pendenza della sua vita, la placida e serena felicità che Gladys non sapeva come dargli.

Lo stato d'animo di Marie era, invece, ben diverso.

Aveva creduto che ciò che il suo cuore nutriva nei confronti di Ayers fosse odio, ma un semplice scambio di parole con l'americano era stato sufficiente per far crollare la sua finta ostilità come un castello di carte.

Quando lasciò l'edificio del municipio, dopo aver ringraziato il colonnello tedesco per la sua deferenza, tornò lentamente a casa.

Quando arrivò, aveva preso una decisione.

Avrebbe risposto affermativamente alla proposta di Ayers, piuttosto che a lei per Ivette. L'americano era il suo vero padre e la ragazza dovrebbe saperlo.

Era preferibile che glielo dicesse lei stessa, che imbattersi in qualche parolaccia che le dicesse le cose a suo piacimento.

A tale scopo entrò in casa, chiamando Ivette, ma la ragazza non c'era e Marie si dedicò meccanicamente ai suoi compiti, aspettando il suo ritorno.

Mezz'ora dopo vi entrò uno degli ufficiali tedeschi che alloggiavano a casa sua.

Marie è uscita per incontrarlo.

L'ufficiale era accompagnato da due soldati che si recavano nelle stanze a loro destinate al pianterreno.

"Veniamo a ritirare la nostra attrezzatura" disse l'ufficiale. Lasciamo.

"Cosa stanno lasciando? chiese Marie, perplessa e ansiosa, pensando a Bruce. Proprio ora?

"Noi facciamo. È appena arrivato un ordine. Solo una Compagnia resterà qui, credo, in attesa dell'arrivo di alcune truppe in ritirata da sud.

Anche l'ufficiale è entrato nelle stanze.

Marie rimase immobile nel corridoio di casa.

Dieci minuti dopo apparvero l'ufficiale ei soldati, carichi di valigie e pacchi, e salutarono brevemente Marie, ringraziandola per l'ospitalità.

La francese gli rispose con parole distratte, perché i suoi pensieri erano altrove e su altri problemi.

Alla fine chiese:

"E il prigioniero? Lo prendono anche loro?

"Noi no. Non so cosa ne faranno.

L'ufficiale è uscito di casa. Il cervello di Marie ribollì immediatamente, dando forma a un piano che le era appena venuto in mente.

Ivette arrivò poco dopo, trovandola occupata.

Le due donne si unirono all'intera popolazione del paese, che assistette silenziosamente alla marcia dei tedeschi.

Migliaia di soldati stavano lasciando quel settore, costretti dall'avanzata impetuosa degli americani.

Marciavano per lo più su camion, trascinando i cannoni per strade e campi, preceduti da un centinaio di carri armati, verso la loro patria, per difendere, dopo due lunghi anni di essere padroni e signori del suolo francese..

Quella mattina era una vacanza per la gente.

I francesi incoraggiati mostravano ora la loro ostilità verso i tedeschi.

OPERAZIONE COBRA

Per il resto della mattinata, Marie fece qualche affare, parlando con i soldati tedeschi, raccogliendo qua e là rapporti che sarebbero serviti ai suoi scopi.

Bruce Ayers era ancora a Dumont-sur-Vire, stringendo l'orologio.

A quanto pare, i soldati rimasti in città "un centinaio" stavano aspettando l'arrivo di due divisioni che si stavano ritirando dalla costa atlantica.

Si diceva anche che due ufficiali dei servizi segreti tedeschi stessero per arrivare a Dumont per portare il colonnello a sud, poiché le strade a nord erano completamente bloccate.

Insomma, la situazione era caotica e confusa, ma una cosa era certa: Bruce era ancora a Dumont e lo avrebbero portato via da un momento all'altro.

Quindi era urgente agire. Marie era determinata a fare tutto il possibile per lui, incluso provare la sua libertà.

Tuttavia, c'erano molte difficoltà nell'aiutare Bruce.

I tedeschi erano diventati sospettosi e sorvegliavano da vicino la città per evitare fughe di macchia armata.

Avrebbe potuto chiedere aiuto agli uomini di Dumont, ma era altamente improbabile che lo facessero.

Marie non ignorava ciò che si pensava di lei in città, per il solo fatto che si era offerta di ospitare in casa sua quattro ufficiali, che trattava con la stessa correttezza che mostravano loro.

"Chiunque chieda di aiutarmi penserà che è una buona trappola che ho preparato per loro in combinazione con i tedeschi", mormorò. Nessuno vorrà aiutarmi a Dumont. Devo cercare aiuto altrove.

Ma dove?

Trascorse più di mezz'ora a rifletterci, e alla fine decise che sarebbero stati i soldati americani stessi ad andare a Dumont in cerca di Ayers.

Naturalmente, per questo dovevano sapere che lui era lì, cosa che sicuramente non sapevano.

"E anche che devono usare l'audacia se vogliono salvarlo", si disse. I tedeschi lo avrebbero ucciso senza esitazione non appena avessero scoperto che stava cercando di liberarlo.

Secondo le notizie, i soldati più vicini si trovavano a Tessy, dodici chilometri a nord di Dumont.

Chi inviare come corriere?

Non poteva fidarsi di nessuno in città.

Le cose andavano fatte con il massimo riserbo e la persona che andava da Tessy doveva soddisfare le condizioni sufficienti per convincere gli americani che non si trattava di una trappola.

"C'è solo una persona che può aiutarmi, ed è Ivette", si disse; ma lo vorrai?

La ragazza doveva sapere tutto.

Determinata ora, chiamò sua figlia, che salì nella sua stanza, vedendo sorpresa come sua madre si chiudeva la porta dietro di sé.

Poi, come temendo che il vento portasse le sue parole a qualche orecchio indiscreto, chiuse anche il balcone.

Ivette guardò perplessa questi preparativi e contemplò sua madre, quando si voltò verso di lei, dicendo:

Siediti, Ivette. Dobbiamo parlare.

La ragazza si lasciò cadere su una sedia, sempre guardando Marie, forse intuendo che stava per imparare qualcosa di spiacevole.

Sua madre si sedette di fronte a lei e chiese:

"Sai dove sono stato stamattina?

"No", rispose la ragazza.

"Ho visitato l'americano che è prigioniero in municipio.

"Tua madre? "Chiese sorpresa la giovane donna." Perché l'hai fatto?

"Mi dispiaceva per lui e ho pensato che forse poteva aiutarti un po'.

"Perché l'hai fatto? Non lo meritano e...

"Ascolta, Ivette", rispose Marie pazientemente. La guerra è crudele, ma nessuno può dubitare che se i tedeschi se ne sono andati è a causa degli Alleati.

Ivette era perplessa. Era la prima volta che sentiva sua madre parlare così.

Ogni volta che la sentiva manifestare contro gli alleati, taceva ostinatamente; non li aveva mai difesi con il calore che stava facendo adesso.

"D'altra parte, anche i tedeschi hanno fatto molte bestialità", ha continuato Marie.

"Li odio come gli altri", rispose ferocemente la ragazza.

"Non dovresti farlo neanche tu. È vero che i bassi istinti degli uomini sono scatenati dalla guerra, ma la maggior parte della nostra sofferenza viene dalla guerra stessa e non dagli uomini che vi combattono. Bene, Ivette, il punto è che voglio aiutare quell'uomo...

"Cosa puoi fare per lui?" Chiese la ragazza incuriosita. "Si dice che gliela portino via.

"Questo è quello che voglio impedire" rispose Marie, e sua figlia la guardò come se fosse pazza.

"Smettila, tu? Ma come farai ad ottenerla? E perché all'improvviso ti sei interessato così tanto a questo prigioniero?

"Non resisterà alla prigionia. puoi morire...

"Anche altri sono morti, mamma," aggiunse Ivette, "non farti coinvolgere in niente. I tedeschi sono esasperati e potrebbe succederti qualcosa. E poi che ti importa di quell'uomo?

Marie stava per dirgli che le importava più di quanto immaginasse, ma Ivette continuò a parlare velocemente:

"Ho già capito cosa ti succede. La nostra posizione nel villaggio è delicata ora. Hai paura di essere bollato come collaboratore e cerchi di ingraziarti le persone con quel gesto, giusto?

Marie sorrise.

"No" ha risposto. È una ragione più potente che mi spinge a fare questo "guardò la ragazza negli occhi e aggiunse lentamente, come se volesse far penetrare l'idea nel cervello di Ivette". Quell'uomo... è tuo padre.

La giovane donna la guardò con gli occhi spalancati. Poi sbatté le palpebre ripetutamente e chiese, ancora non capendo:

"Mio... mio padre? Ma, mamma... che dici? Stai scherzando...

"Non sono mai stata più seria", rispose Marie. Capisco la tua stranezza, Ivette, ma è vero. Ascolta e capirai...

Raccontò velocemente gli eventi accaduti anni prima, che erano impressi nella sua anima e nella sua memoria come se fossero accaduti il giorno prima.

Quando sua madre ebbe finito di parlare, esclamò:

"Mio Dio!

Non disse altro. Il suo sguardo si perdeva nel vuoto e Marie rispettava il suo silenzio, capendo cosa stava attraversando l'anima di sua figlia.

Ivette sentiva che un intero mondo costruito con cura per più di vent'anni ora era falso e cadeva a pezzi.

In quel periodo era stata ingannata, credendo che suo padre fosse Louis Beltrand ed ecco, all'improvviso, quella terribile notizia le cadde sulla testa...

"Capisco" mormorò alla fine.

Capì perché non aveva sentito la morte di Beltrand con l'intensità con cui credeva dovesse provare la perdita di un padre.

Capì anche perché non era mai stato affettuoso con lei, né aveva mai avuto le attenzioni di un buon padre.

C'erano molte cose che scoprì e spiegò il velo che era stato appena disegnato davanti ai suoi occhi.

Ma non aveva ancora altro affetto che sostituisse quello del suo falso padre e nel suo cuore giovanile si faceva il vuoto più assoluto.

"Ti ha abbandonato, ti ha lasciato solo", esclamò improvvisamente ferocemente. Se n'è andato... e tu vuoi ancora aiutarlo? Lascia che li componga come può, madre...

Marie scosse la testa.

"La guerra è stata anche la causa di questo, figlia mia. "Ha risposto tristemente." Quando l'ho rivisto ho pensato che avrebbe continuato ad alimentare il mio odio. Ora l'ho visto e lo amo ancora; Ma anche se non lo fosse, lo aiuterebbe lo stesso. È il padre di mia figlia, e basta.

"Non capisco... io... sono confuso. Non so cosa dire" mormorò la giovane.

"Ivette, non lasciarti trasportare dall'odio. Rifletti con calma. È in nostro potere fare ammenda per ciò che è stato fatto. Quell'uomo vuole sposarmi.

"Te l'ha promesso?

"Sì.

"Deve averlo fatto perché tu lo aiutassi" replicò sarcasticamente la ragazza.

"No. La vita è stata dura con me e so bene quando cercano di tradirmi. Tuo padre è sincero.

La ragazza esitò quando sentì il suo nome Ayers, un uomo che aveva visto solo per un secondo.

Una sensazione sconosciuta la invase e si sentì più sicura e protetta contro il mondo, nonostante suo padre fosse prigioniero e, inoltre, non si fidasse di lui.

"Non vede l'ora di vederti" ha aggiunto Marie. Non vuoi aiutarmi? Ivette, se non per lui, fallo per me almeno.

"Non lo so, mamma", rispose la ragazza, ancora esitante. Sai quanto li odio. Quello che mi hai detto non aiuta certo a dissiparlo.

Le parole di Ivette furono dure. Ma Marie capì che sua figlia stava difendendo l'ultima ridotta e disse:

"Va tutto bene. Pensaci un po', ma non troppo. È urgente agire. E ricordalo, Ivette. Voglio il tuo aiuto.

La ragazza lasciò la stanza, ma non raggiunse nemmeno la sua stanza.

Marie improvvisamente sentì i suoi passi battere veloci nel corridoio e sorrise, perché conosceva molto bene sua figlia.

La giovane si avvicinò a lui e si gettò tra le sue braccia, dicendo: "Mamma... ti aiuto io.

Le due donne si unirono in un forte abbraccio.

"Grazie, figlia" disse Marie, eccitata. Ero sicuro di poter contare su di te.

Ivette scivolò fuori dalle sue braccia.

Ora che aveva preso una decisione, non vedeva l'ora di fare attività.

"Hai pensato a qualcosa?" chiedo. E vedendo la risposta di sua madre". Cosa c'è da fare?

"Devi andare da Tessy. Secondo le mie notizie, ci sono americani lì. Prenderai una mia lettera che dovrai consegnare a un ufficiale. Sapranno cosa fare.

Ivette scosse la testa dubbiosa.

«È molto pericoloso», mormorò. Se incontro una pattuglia tedesca...

"Non ti succederà niente" assicurò sua madre. Ti darà sempre il tempo di nascondere o distruggere la lettera.

"Come andrò?"

"A cavallo. Jorge ti accompagnerà. Digli di preparare due cavalli mentre scrivo la lettera.

Si sedette a tavola e cominciò a scrivere, mentre Ivette usciva dalla stanza, volando verso i recinti in cerca della domestica.

Mezz'ora dopo, Ivette stava cavalcando nel recinto, ascoltando le ultime istruzioni di sua madre.

"Devi camminare lungo la riva del fiume. Gli alberi renderanno più difficile vederti, capisci, Jorge?

"" Oui, signora. "

Il servitore era un uomo sulla sessantina; forte e ben conservato, che aveva passato metà della sua vita al servizio di Marie.

Ha baciato Ivette quando la ragazza si è chinata verso di lei.

"Sbrigati, figlia. Cerca di convincerli che devi agire rapidamente. Ti dico già nella lettera quello che ho pensato.

Aprì la porta del recinto, sporgendo la testa nel campo deserto.
"Andiamo", disse. Nessuno.

Jorge e Ivette lasciarono il recinto, guidando i cavalli verso il fiume.

Poco dopo, Marie li perse di vista mentre entrava tra gli alberi e congiungeva le mani, guardando il cielo, mentre mormorava una preghiera e una supplica.

VII

Roy de Ruse si rese presto conto che la missione che il colonnello Ayers gli aveva affidato non era facile come aveva pensato.

L'improvvisa rottura del fronte da parte delle truppe nordamericane aveva provocato la disconnessione di un gran numero di tedeschi dalle loro unità.

Ma per questo non pensavano di arrendersi.

Al contrario, cercavano con ogni mezzo di legarsi ai compagni, ritirandosi di notte e nascondendosi durante il giorno.

La maggior parte di loro formava piccoli gruppi di uomini che, generalmente, si arrendevano senza opporre resistenza, sapendo che era inutile combattere l'inevitabile.

ma questo non era sempre il caso.

Altre volte costituivano vere e proprie unità di combattenti, che non esitavano a confrontarsi con le truppe di pulizia americane, desiderose di salvarsi, di farsi prigionieri.

Di buon mattino l'ufficiale costituì una Compagnia nella piazza del paese.

La sua missione era quella di esplorare le rive del fiume Vire, alla ricerca di soldati tedeschi nascosti.

Le rive del fiume erano ricoperte di vegetazione e Roy scelse di non portare nessuno dei due serbatoi che aveva.

Le truppe lasciarono la città e presto raggiunsero il fiume, esplorando i viali, i frutteti, i rovi e ogni luogo che offrisse la minima possibilità di nascondere un uomo.

La forza del caldo stava aumentando.

A mezzogiorno, i soldati stavano sudando da tutti i pori e Roy ordinò una piccola pausa.

"Possiamo fare un bagno? Chiese un soldato.

"Certo, ma in tre turni" rispose l'ufficiale.

I soldati si tolsero l'equipaggiamento, saltando in acqua, mentre i loro compagni osservavano i dintorni.

Quando tutti ebbero goduto le delizie del bagno, divorarono il ranch in trio e continuarono la loro marcia a valle.

I centocinquanta uomini avanzavano sparsi dalla riva, coprendo un ampio fronte.

Non costituivano una linea regolare ed uniforme, ma ondulata secondo le sinuosità del terreno o secondo lo spessore dei boschetti che dovevano riconoscere.

Roy stava avanzando rudemente al centro della fila, la pistola nella mano destra.

I minuti trascorsero tranquilli, facendogli pensare che l'esplorazione sarebbe stata infruttuosa.

Ma mezz'ora dopo, ebbe l'impressione che non sarebbe andata così.

Gli uomini che componevano la colonna di testa stavano fermi, aspettando in silenzio il suo arrivo, sdraiati a terra o nascosti dietro gli alberi.

Roy si avvicinò al caporale Evans.

"Cosa sta succedendo?" chiedo.

"Guarda avanti", rispose il caporale.

Era sdraiato dietro alcuni cespugli, attraverso i quali Roy poteva vedere un movimento a distanza ravvicinata.

"Mi sembra che ci siano due persone", ha detto Evans. Hanno due cavalli, anche se non sono sicuro di nulla.

"Potrebbero tentare di attraversare il fiume", disse il tenente. Vai avanti.

A un suo cenno, gli uomini che componevano le ali della colonna di testa descrissero silenziosamente un ampio semicerchio, le cui estremità ben presto si appoggiarono alla sponda del fiume.

Il tenente avanzò con una dozzina di uomini, serrando la recinzione, e all'improvviso tutti saltarono nella radura.

"Nessuno si muova! L'ufficiale è esploso.

OPERAZIONE COBRA

Andò ad aggiungere che gettano le armi a terra, ma non lo fecero.

Invece si accigliò e rivolse il viso al caporale.

C'erano due persone prima di lui, ma non erano soldati tedeschi, né in loro c'era il minimo accenno di guerra.

Uno era un contadino tarchiato dai capelli bianchi, sorridente, che mostrava i suoi forti denti bianchi.

Era accompagnato da un ragazzo... Be', all'inizio gli parve, finché Ivette alzò su di lui i suoi grandi occhi e lentamente si alzò in piedi.

Quel viso, le lunghe ciglia e, soprattutto, quel busto che lo faceva soffocare, non erano tipici di un ragazzo, ma di una donna.

E non una donna qualsiasi, ma...

Il sibilo di ammirazione di uno dei soldati esprimeva sufficientemente la sua idea.

Per qualche secondo entrambi si guardarono, senza staccare le labbra.

La radura era piena di soldati che guardavano la ragazza come se non avessero mai visto una donna.

Roy ruppe il silenzio per chiedere.

"Cosa stai facendo qui?

Il suo francese non era molto buono, ma Ivette lo capiva.

"Andiamo da Tessy" rispose con un sorriso. Che spavento ci hanno dato! Pensavamo fossero tedeschi.

"Sei di Tessy?

"No. Veniamo da Dumont.

"Non sai che è pericoloso andare in giro qui adesso? Devono essere rimasti in città.

"Dobbiamo arrivare a Tessy" rispose Ivette. Ho una lettera per un ufficiale delle forze americane.

Roy era sorpreso.

"Una lettera? "chiedo". Di chi? Quindi quella?

Sei un ufficiale? chiese Ivette.

"Sì. Cosa vuoi? Non hai bisogno di andare in città.

"Meglio" rispose la ragazza. Quello che voglio comunicare è che il colonnello Ayers, che comandava un reggimento di carri armati, è prigioniero a Dumont.

Una granata di grosso calibro che fosse esplosa all'improvviso nella radura, mettendo fuori combattimento metà dei suoi uomini, non avrebbe fatto più impressione su Roy.

"Diavolo! "Esploso." Questo mi dice?

Non poteva crederci e guardò di nuovo la ragazza come se fosse una specie di creatura sconosciuta.

Il suo aspetto e il suo linguaggio non erano quello di una contadina ignorante, come pretendevano i suoi vestiti, ma quello di una donna colta e istruita.

"Come fai a saperlo? Chiese con sospetto negli occhi.

"Mia madre è riuscita a parlargli e mi ha mandato a dirtelo.

"E io che gli credevo a Parigi" mormorò l'ufficiale. Sai come ti hanno beccato?

"Lo ignoro. So solo che è a Dumont e che stasera o domani mattina lo porteranno nelle retrovie. Se vogliono fare qualcosa per salvarlo dovranno sbrigarsi.

Roy sorrise come qualcuno in fondo alla strada.

"Sembra che tu sia molto interessato a farci andare", ha detto. Perché?

"Gli ho già detto che lo porteranno via", replicò Ivette con impazienza, forse intuendo cosa stesse pensando il giovane ufficiale.

"Quello che vuoi è che entriamo nella bocca del lupo", esplose Roy. "Ray! Nella mia vita ho sentito una stupidità più grande di quella storia che il colonnello...

"Sei intelligente", replicò la ragazza in tono aspro. Da parte mia, puoi provare ad aiutarlo o meno. Ti sto solo dicendo che i tedeschi hanno evacuato la città, lasciando lì un centinaio di soldati. Può essere che abbia paura? Chiese sarcasticamente.

"Ehi" Roy stava per dire molto, ma si fece in tempo e sbuffò. "Hai visto il colonnello?

"Un momento", rispose la ragazza. Vuoi che ti dica com'è?

"Esattamente.

Ivette gli diede una descrizione accurata di Ayers e Roy si strofinò la mascella, non sapendo cosa fare.

"E dici che ti ha mandato tua madre?" chiedo.

"Sì. Leggi quella lettera.

Roy lo prese dalle mani di Ivette, aprendolo davanti ai suoi occhi.

I soldati stavano aspettando la sua decisione. Lo videro aprire gli occhi stupiti, poi proruppe in un'imprecazione.

Marie gli diede istruzioni su come riteneva che avrebbero dovuto agire per liberare il colonnello.

"Beh. Tutto è perfettamente pianificato, non è vero, tesoro? Chiese ironicamente.

"Da quello che vedo sospetti ancora che sia una trappola" rispose lei.

"Non so cosa dirvi", rispose l'ufficiale. Come si chiama?

"Ivette.

"Ivette che altro?

"Beh, la verità è che non lo so", rispose la ragazza sorridendo.

"Cosa non sai? Non capisco.

"È molto facile. Fino ad oggi pensavo di chiamarmi Ivette Beltrand, ma sembra che da stamattina il mio vero cognome sia... Ayers.

Ivette sorrise alla perplessità che invase Roy a queste parole.

Lui non capiva niente ei soldati ancora meno.

"Cosa diavolo vuoi dire? "Esploso." Scusami "mormorò." È solo che... non capisco.

"Bene", rispose Ivette. Sembra che io sia la figlia del colonnello. Non lo sapevo fino a stamattina. Attento! Sta per cadere!

Roy arricciò le labbra. Afferrò la ragazza per il polso e la scosse forte.

"Se pensi che io sia un idiota..." scattò Roy.

"Oh no! "Rispose lei." Niente di tutto ciò. Capisco che la cosa è troppo forte da digerire in una volta sola. Io stesso non mi sono ancora abituato all'idea che quest'uomo sia mio padre, anche se lo sapevo per alcune ore Naturalmente, cose del genere ci si può aspettare da uno Yankee.

"Gli yankee sono come gli altri uomini", ha detto Roy. Perché non viene spiegato subito?

Ivette lo ha fatto in poche parole e Roy ci ha creduto.

Il tono della ragazza era sincero, ma, oltretutto, questo potrebbe spiegare l'aspetto distratto del colonnello per alcuni giorni.

"Va bene", decise. Andremo a cercarlo, ma gli darò un avvertimento. Verrai con noi e...

«E mi terrà d'occhio finché non sarà sicuro che non si tratti di un'imboscata. Essere d'accordo. Non posso biasimarti per la tua sfiducia.

Roy è rimasto colpito dalla sicurezza della ragazza e anche dalla sua bellezza.

Aiutò Ivette a montare a cavallo, ma non permise a Jorge di fare lo stesso e la Compagnia tornò a Tessy.

Di tanto in tanto Roy lanciava un'occhiata a Ivette, osservando come la leggera brezza pomeridiana giocasse con i capelli della ragazza.

Una volta si voltò, sorprendendolo al suo esame.

"Stai cercando di scoprire se ho qualche somiglianza con il colonnello?" Chiedo.

"No, tesoro", rispose il tenente. Sto semplicemente pensando che sei molto carina.

"Wow, almeno sai come complimentarti. già cominciavo a dubitare...

"La guerra ci rende duri e cauti" rispose il tenente. I tedeschi sono molto intelligenti e dobbiamo stare molto attenti.

"Dimmi qualcosa del colonnello... di mio padre" lo corresse Ivette.

Roy si rese conto che voleva adattarsi alla nuova situazione e parlò di Ayers in modo tale che Ivette non poté fare a meno di dire:

«Parli di lui in un modo che sembra anche quello di tuo padre.

Entrambi risero. Allora Roy ha detto:

In questo momento non rimpiangerei nulla al mondo più del fatto che tu fossi mia sorella.

"Non pensi che io sia abbastanza bravo?

"A differenza. Ti meriti un altro tributo" rispose Roy.

"Ti rendi conto che stai facendo l'amore con me? "Ha chiesto alla ragazza." E dato il retroscena che ho sul comportamento degli americani, non mi sembra molto...

"Era nell'altra guerra," interruppe Roy. "Nonostante tutto il colonnello è un gentiluomo.

In serata raggiunsero il villaggio e Roy si preparò immediatamente per trasferirsi a Dumont, rendendosi conto che doveva agire in fretta.

Prima di decidere il numero dei soldati da portare, esitò qualche istante, e alla fine decise di seguire il consiglio della ragazza.

"Con una ventina di uomini determinati basterà" disse la ragazza.

Tutti si sono offerti volontari per accompagnarlo e Roy ha dovuto scegliere tra loro.

Mezz'ora dopo, quando il pomeriggio stava per finire, Roy lasciò Tessy accompagnato da venti uomini decisi a dare la vita per il colonnello, se necessario.

Dieci minuti dopo la partenza del camion con il tenente ei soldati, anche i due carri armati a loro disposizione partirono per Dumont.

L'ordine che i suoi servi portavano era di aspettare sulla riva del fiume, a mezzo chilometro dalla città, o di intervenire se ritenessero necessario il loro aiuto.

Il camion si muoveva con velocità compatibile con il cattivo stato della strada e l'arrivo della notte li sorprese a quattro miglia da Dumont.

"Tieni le luci spente", disse Roy all'autista.

Ivette si sedette accanto a lei, senza pronunciare una sola parola, ma quando pochi minuti dopo la sagoma di Dumont-sur-Vire si stagliò contro il cielo senza luna, la ragazza disse:

"Penso che sia meglio continuare a piedi.

"Va bene, tesoro" rispose il tenente. Ci guiderai.

"È necessario che continui a chiamarmi incantesimo?" chiese Ivette mentre scendeva dal camion, aiutata da Roy.

"Non preoccuparti" disse. Sei il mio fascino da quando ti ho visto, ma ciò non implica che io sia anche il tuo fascino.

Ivette sbuffò a cui fece eco la risata dell'autista.

"Giù, ragazzi", disse Roy. Proseguiamo a piedi.

I soldati sono scesi dal camion, il cui conducente ha manovrato per nasconderlo tra i rovi.

La piccola truppa continuò il suo cammino in silenzio.

Ivette e Jorge marciavano in testa, sorvegliati da Roy e da quattro soldati, che non li staccavano gli occhi di dosso.

Raggiunsero così le mura del recinto della casa di Marie, dopo aver attraversato in silenzio i campi, come un corteo di fantasmi.

Jorge spinse il cancello con entrambe le mani. Quando si aprì, l'attenzione di Roy fu attirata all'estremo, ma non accadde nulla.

Jorge e Ivette entrarono per primi nel recinto, seguiti dai soldati.

Nel buio si intravedevano le sagome di due carri, da cui giungeva una voce di donna.

"Ivette, sei tu?

"Sì, mamma" rispose la ragazza.

La sagoma di Marie si stagliava nell'oscurità mentre avanzava verso di loro.

"Ero impaziente", mormorò. Vieni da questa parte.

La porta della casa si aprì, rivelando un'immagine di luce sbiadita, attraverso la quale gli Yankees scivolarono, seguendo Ivette e sua madre.

Attraverso un corridoio arrivarono finalmente a una grande stanza, dove Marie si rivolse a Roy.

"Mia figlia ha spiegato qual è la situazione? Chiese.

"Sì signora. Non vedo l'ora di sentire il suo piano per salvare il colonnello.

Intorno a loro, i volti dei soldati esprimevano ansia.

Dalla strada giunse un rumore di passi in avvicinamento. Marie zittì, portandosi un dito alla bocca.

«È una pattuglia tedesca», disse piano.

Attraverso la finestra chiusa, il rumore si fece più forte. Poi è diminuito fino a quando non è stato finalmente perso.

«Il colonnello è ancora qui? chiese Roy.

«Sì. Sono arrivati due agenti per portarlo via, ma non lo faranno fino a domani, per paura della macchia mediterranea.

Roy fissò il volto della donna con cui stava parlando.

Nonostante la sua età, nonostante la vita di dolore che annunciava i suoi occhi, era ancora bello e levigato.

Non c'era dubbio che Ivette fosse sua figlia. Doveva essere così anche lei quando Ayers l'ha incontrata.

"Dove lo hai? "Chiedo.

"Nel municipio.

"Conosci il posto?

"Sì. Ho pensato al modo di liberarlo con il minor rischio possibile" disse Marie. Le cose vanno fatte in fretta e con calma. Quanti uomini ha portato?

"Venti.

"Saranno sufficienti, ma Ivette, Jorge ed io possiamo dare una mano se necessario.

Il suo viso esprimeva determinazione. Si avvicinò al tavolo e lo fece anche Roy, gli occhi posati sul grezzo progetto disegnato da Marie.

Marie ha formulato il suo piano in modo rapido e chiaro.

Roy l'ascoltò attentamente, facendo alcune obiezioni, ma non ci volle molto perché fossero d'accordo.

"Andiamo" disse Roy. Occhi spalancati, ragazzi.

I soldati americani iniziarono a muoversi furtivamente.

Tre di loro, muniti di bombe a mano e mitra, furono collocati sul balcone della casa che dava sulla piazza, davanti al portone del Municipio.

Ivette e Jorge sono rimasti con loro. Il resto, con Marie in testa, ha lasciato la casa attraverso la porta del recinto.

VIII

Il retro del Palazzo Comunale si affacciava su un giardino senza cancelli né recinzioni di alcun genere.

Durante il giorno i bambini lo rallegravano con i loro giochi, ma ora era silenzioso e solo.

Un soldato tedesco passeggiava da una parte all'altra sotto una delle finestre, che erano chiuse di pietra e fango e protette da una grata di sbarre di ferro.

"C'è il colonnello" disse Marie.

La sentinella era l'unica persona che potevano vedere.

La piccola luce che brillava sulla parete protetta da un paralume in metallo, illuminava il loro andirivieni.

"La porta è sempre aperta" disse Marie. Solo quella sentinella si frappone tra noi e il colonnello.

"Non tarderemo a toglierlo di mezzo", ha assicurato Roy.

Protetto dal muro, avanzò lentamente, tenendo la pistola nella mano destra.

Il soldato tedesco si voltò e Roy si appoggiò al muro, aspettando che si voltasse di spalle.

Quando l'americano lo fece, salvò rapidamente la distanza che lo separava dalla sentinella.

Il rumore dei suoi stivali pesanti che colpivano il lastricato costrinse la sentinella a girare la testa.

Alla fioca luce della lampadina, Roy notò l'espressione sorpresa sul suo volto, ma non ebbe il tempo di reagire e gli cadde addosso, colpendolo in faccia con il calcio della pistola.

Il soldato ha cercato di evitare il colpo, ma è stato inutile.

Il calcio della pistola gli cadde in bocca una seconda volta, soffocando il grido di allarme che gli uscì dalle labbra.

La sentinella esitò. Roy lo colpì una terza volta, ora sulla mascella, e quando le gambe della sentinella cedettero, lo sollevò in modo che l'elmo e le armi non facessero rumore quando toccavano il suolo.

Mentre lo deponeva sulle lastre della piazza, i suoi uomini si precipitarono verso la porta dell'edificio.

Come aveva detto Marie, era aperto e dieci uomini si precipitarono nel corridoio correndo lungo di esso.

Altri quattro hanno trascinato il corpo della sentinella nell'edificio e hanno fatto la guardia alla porta.

Tre soldati furono lasciati dal tenente in un angolo del corridoio e Roy si lanciò con gli altri verso la porta che Marie stava indicando. Un soldato tedesco sonnecchiava accanto a lei seduto su una panchina.

Sentendo il rumore dei passi lungo il corridoio, si svegliò, ansimando quando Roy apparve davanti a lui.

Non potevano fare altro che agire in fretta, anche se facevano più rumore del diavolo stesso.

Il soldato stava tenendo il fucile puntato al viso quando Roy ha sparato.

Il rumore risuonò nell'atrio come un tuono e il tedesco si appoggiò al muro, scivolando a terra.

Da una stanza, la cui porta si apriva di fronte all'altra, proveniva un rumore metallico, che destava l'allarme dell'ufficiale.

"Attento!" esclamò." Il corpo di guardia!

Il caporale Evans capì le sue parole e balzò davanti a lui, il mitra appoggiato al suo fianco.

Era a quattro passi dalla porta quando nel buco comparve un soldato tedesco, con gli occhi velati di sonno.

Evans premette il grilletto senza esitazione.

Le quattro esplosioni suonarono come una. I proiettili hanno colpito il corpo del tedesco, che è caduto a faccia in giù nel corridoio.

Evans gli saltò addosso e piantò entrambi i piedi a terra, premendo furiosamente il grilletto.

Una pioggia di proiettili fece piovere il corpo di guardia. Un soldato tedesco accucciato in un angolo, prese Evans come bersaglio.

L'esplosione del suo fucile fu confusa con il tuono del mitra di Evans, che cadde in avanti nella stanza.

Il soldato dietro di lui mitragliava il tedesco prima che avesse il tempo di sparare di nuovo.

"Vai! Presto! Stanno per salire su di noi.

Nella sua prigione, Ayers, che stava dormendo pacificamente, si svegliò improvvisamente in stato di shock al suono di uno sparo nel corridoio, seguito da molti altri.

Poi ci fu silenzio e una voce nota lo raggiunse:

"Colonnello Ayers! Se ci sei, allontanati dalla porta.

Ayers capì perché e si mise al suo fianco, schiacciato contro il muro.

Un altro mitra cantò nel corridoio e la serratura andò in frantumi, lasciando il posto a Roy e ai suoi uomini, che non lo salutarono nemmeno eccitati:

"Andiamo, mio colonnello. Presto!

Ayers uscì nel corridoio, lanciando un'occhiata a Marie, che era appena seduta con la mitragliatrice di Evans tra le mani.

"Grazie" disse solo.

Non sapendo come avesse trovato una pistola in mano, mentre veniva spinto in fondo al corridoio.

I soldati lo seguirono a frotte, le armi pronte, e in quel momento dalla piazza risuonarono nuovi spari.

Erano gli uomini che sorvegliavano la porta esterna dell'edificio dal balcone.

Probabilmente avevano visto avvicinarsi qualche pattuglia tedesca quando avevano sentito degli spari che turbavano la quiete del paese e non avevano esitato a sparare.

La pattuglia era composta da una dozzina di soldati. Un paio di loro caddero abbattuti dai colpi, ma gli altri si voltarono verso la casa, respingendo l'attacco.

L'allarme è stato dato.

Mentre correvano lungo il corridoio, i colpi sparavano incessantemente all'esterno.

La pattuglia era stata ingrossata da nuovi soldati, e nel frastuono delle detonazioni spiccava un ordine energico.

Nessuno sapeva con certezza cosa stesse succedendo.

Una pioggia di proiettili cadde sulla casa di Marie, mentre altri soldati tedeschi correvano pronti ad assediarla.

Forse pensavano che qualche macchia mediterranea fosse diventata forte in esso.

In quel momento, il gruppo, ora guidato da Roy, lasciò il municipio alle sue spalle, correndo per le strade verso la periferia della città.

Avevano appena svoltato l'angolo quando alle loro spalle risuonò un fischio acuto.

"Fermare!"

L'ordine fu dato in tedesco, da un ufficiale che arrivò davanti a diversi uomini.

I due soldati americani nelle retrovie si voltarono dall'angolo, lasciando che i loro fucili sputassero contro di loro la loro carica mortale.

Senza fermarsi a controllare i risultati, si unirono al gruppo.

Roy desiderò con tutta l'anima che i soldati rimasti a casa di Marie l'avessero già lasciata con Ivette e Jorge, ma quando arrivarono vicino al cancello del recinto scoprì che non l'avevano fatto.

Una mezza dozzina di soldati tedeschi arrivarono di corsa dal lato opposto, pronti a prendere d'assalto la casa attraverso il recinto.

La luce era molto scarsa.

Forse per questo hanno confuso il gruppo di americani con i propri compagni e c'è stato in loro un momento di esitazione, che è stato utilizzato da Roy.

"Fuoco!" gridò.

Una raffica tuonò l'atmosfera.

Alcuni soldati tedeschi caddero a terra in posizioni contorte e altri iniziarono a ritirarsi.

Meyers tirò fuori una bomba, scagliandola contro di loro, e il dispositivo esplose con un orrendo ruggito, aggiungendo confusione e rumore.

"Andiamo," ruggì Roy. Dobbiamo sbrigarci.

Bisognava approfittare della confusione dei tedeschi e fuggire da lì prima che si ricostruissero, prendendo l'iniziativa.

Ma cosa facevano le persone in casa che non venivano fuori?

Erano morti?

No. Non poteva essere perché continuavano a sentire gli spari con cui rispondevano a quelli dei tedeschi dal balcone.

"Fayer! gridò Roy. Stai indietro! Presto!

Marie si precipitò al cancello, urlando per sua figlia.

Gli sforzi di Roy per fermarla furono vani, e quando la donna scomparve alla vista si rivolse ai suoi uomini.

"Tre con me" mormorò. Il resto di voi, di nuovo verso i carri armati.

"Ci vado anch'io", disse Ayers.

Il colonnello non conosceva i dettagli del piano, né conosceva la casa, ma era deciso ad accompagnarlo.

Roy e Ayers con tre soldati entrarono nel recinto, mentre gli altri si ritirarono verso il punto dove stavano aspettando i carri armati.

Attraverso la porta di casa, Fayer e Daniels con Ivette uscirono nel recinto.

"E Jorge? Chiese Marie.

"Lo hanno ucciso" esclamò Ivette.

La ragazza corse da sua madre, ma Roy non permise loro di sprecare un solo secondo in effusioni sentimentali.

"Dai" mormorò. Non possiamo restare qui.

Ivette lo fissò quasi con odio, ma si lasciò spingere verso il cancello.

L'intera scena si è svolta nel mezzo dell'oscurità causata dalla lampadina che illuminava il recinto, appeso accanto alla porta.

"Vai. Non farti divertire", tuonò la voce di Meyers dall'esterno.

Stava varcando il cancello, quando i soldati tedeschi entrarono nel recinto attraverso la porta di casa.

"Attento! gridò Ayers.

Ha sparato contro di loro con la sua pistola.

Il primo soldato tedesco cadde, colpito dai suoi proiettili.

Gli altri si ripararono dietro le finestre, aprendo il fuoco dalle loro posizioni di fortuna.

Meyers cadde a terra, crivellato di proiettili dalla prima raffica.

Gli altri riuscirono a lasciare il recinto, ma il pericolo non era ancora passato.

Una ventina di soldati tedeschi arrivarono di corsa, incollati alle pareti del recinto.

"Dietro! Il tenente ruggì.

Protetti dal muro, i soldati yankee e le due donne scivolarono dalla parte opposta, ma i tedeschi si erano già accorti della loro presenza e le loro armi sputarono fuoco sul gruppo.

La distanza e l'oscurità, hanno impedito ai proiettili di provocare una vera e propria carneficina tra i fuggitivi.

Roy e il resto del gruppo saltarono in una strada laterale dietro di loro, sempre vicini ai loro nemici, sparando brevi raffiche di mitragliatrice.

"Dobbiamo andarcene dalla città", mormorò Roy. Altrimenti siamo perduti. Puoi guidarci ai serbatoi? chiese a Ivette.

"Sì. Seguimi

I tedeschi li perseguitarono come lupi, nonostante la resistenza dei quattro uomini a guardia delle retrovie.

Alle finestre delle case che davano sulla strada brillavano alcune luci, ma nessuno le guardava.

In questo modo i fuggitivi si trovavano al centro di una stradina, fiancheggiata da alte mura, la cui estremità opposta si apriva sul campo.

Ancora qualche secondo e sarebbero stati fuori città, correndo verso i carri armati.

Ma la fortuna li aveva abbandonati.

Roy lo verificò, con una maledizione, quando vide apparire in fondo alla strada un gruppo di tedeschi, che sparavano contro di loro, uccidendo due dei loro soldati.

C'erano già sei vittime subite.

Ma non era la cosa peggiore, ma la strada era bloccata ad entrambe le estremità.

"Sulla Terra! Il colonnello ruggì.

Il suo ordine è stato accolto con una doppia raffica, che proveniva da entrambi i lati della strada.

I proiettili li superarono sibilando, rimbalzando sulle pareti, ma erano chiaramente persi.

I tedeschi li avevano intrappolati in quel vicolo, come un topo in gabbia.

"Arrenditi! Una voce gridò in francese.

Ayers ha preso in mano la situazione.

"Ho sparato da quella parte con quattro uomini", ha detto a Roy. Gli altri, con me.

Finché fosse notte i tedeschi avrebbero avuto più difficoltà a ridurli.

Potevano spruzzare il vicolo con proiettili e bombe a mano, ma senza sapere con certezza dove stavano dirigendo i loro colpi e correndo il rischio di ferirsi a vicenda.

Era necessario resistere, resistere più che potevano perché il tempo lavorava a loro favore.

Sdraiati a terra, aggrappati alle pareti come patelle, i soldati impugnavano le armi pronti a respingere qualsiasi attacco.

Ayers si avvicinò a Marie.

"Mi dispiace che tu sia coinvolto in questo a causa mia", ha detto.

"Non essere dispiaciuto", ha risposto. Dovevo farlo, Bruce. Era mio dovere. Se falliamo, peccato.

"È Ivette che mi preoccupa", ha detto.

I tedeschi hanno effettuato nuovi download. Hanno sparato con le armi puntate a terra, e i proiettili hanno scavato nel terreno a poca distanza dai loro corpi o si sono scontrati con le pareti, strappando loro pezzi di intonaco.

"Non saremo in grado di uscire di qui", gemette Ivette.

Roy allungò una mano, toccando la guancia della ragazza, bagnata di lacrime.

In quel momento, persa la sua arroganza, non era altro che una povera donna piena di terrore davanti alla morte.

"Non disperare" cercò di incoraggiarla. "Ricordate che i carri armati sono vicini. Forse verranno in nostro aiuto.

Sparò con il mitra contro varie ombre che si avvicinavano cautamente, premute contro le pareti.

Quelli si sono fermati. Un grido strozzato raggiunse le orecchie dei fuggitivi e un'altra raffica li colpì in risposta ai loro colpi.

Accanto ad Ayers, Marie allungò improvvisamente il suo corpo, rilasciando un gemito di dolore.

"Marie!" mormorò il colonnello." Cosa succede? Sei stato ferito?

"Sì" ha risposto lei. Nel grembo materno...

Ayers serrò le mascelle per la rabbia.

Marie era lì, al suo fianco, ferita a morte, quando così pochi passi li separavano dalla libertà.

"Ci arrenderemo" disse. Tenente, grida che ci arrendiamo. Marie è ferita.

"No. No," farfugliò la donna. "Questo mai. Ci spareranno sul posto. Hanno avuto troppe vittime stanotte per permetterci di considerarle. Ci spareranno a tutti. Non si arrende, tenente."

Ivette strisciò verso sua madre, abbracciandola.

"Non può essere giusto," mormorò. Era sicuro che non poteva...

Il pianto interrompeva i suoi lamenti.

Roy digrignò i denti con rabbia. Forse Marie stava morendo dissanguata nel buio del vicolo senza poter fare nulla per lei...
Sto ascoltando.
Un suono lontano, solo un suono continuo che proveniva da oltre l'imboccatura della strada, gli fece aprire gli occhi, cercando di squarciare l'oscurità.
L'avevano sentito anche altri soldati.
"Uccidimi se non è un carro armato", borbottò uno di loro.
Il rumore continuava a farsi, ogni volta sempre più diverso. Sì. Non c'era più alcun dubbio. I suoi compagni vennero in suo aiuto.
Un soldato eccitato esclamò:
"I carri armati! Siamo salvi!
Era possibile che fosse così, ma non l'avrebbe mai visto.
Pazzo di gioia, si alzò da terra e le sue parole attirarono una pioggia di proiettili verso la sua sagoma.
Le sue parole morirono in un sinistro gorgoglio e cadde sui compagni, sanguinando da una mezza dozzina di ferite.
Nell'oscurità intorno a loro, la debole luce proveniente dalla fine della strada fu improvvisamente intercettata da una massa enorme.
I tedeschi smisero di sparare, voltandosi per affrontare il pericolo che li minacciava alle spalle.
Le mitragliatrici del carro cominciarono a crepitare e molte di esse mordevano la polvere.
"Coraggio! gridò Roy. Sono già qui!
I tedeschi dall'altra parte della strada stavano ancora sparando loro, disperati.
I servi del carro armato allinearono il cannone fino a quel punto, sparando due proiettili, che sibilarono sulle teste degli assediati, che cominciarono a indietreggiare verso di lui, strisciando per terra.
Le granate sono esplose dall'altra parte della strada, spaccando rosa porpora nel cuore della notte.
Roy si avvicinò a Marie.

Doveva essere stata gravemente ferita, ma ha comunque resistito a essere portata via.

"Lasciami" mormorò. Mettiti al sicuro... al sicuro...

"Non ti lasceremo qui", mormorò Ayers.

Roy la prese tra le braccia, correndo verso il serbatoio.

Era vicino a lui quando si udirono altri spari.

Il tenente sentì un dolore lancinante che gli bruciava il petto.

Incapace di evitarlo, crollò a faccia in giù su Marie.

Il secondo carro ha unito i suoi colpi al primo.

Ayers ei suoi uomini riuscirono a trascinare i due feriti fuori dal raggio del fuoco tedesco.

Aiutati dai loro servi, i corpi di Roy e Marie furono issati in uno dei carri armati.

«Dietro! Ordinò il colonnello.

Protetti dai carri armati, il gruppo ha lasciato il vicolo, avanzando verso il punto in cui aveva lasciato il camion.

"A tutto gas", ha detto Ayers.

I potenti motori dei carri armati aumentavano la velocità delle loro pulsazioni.

I soldati si sono arrampicati su di loro, nello stesso momento in cui alcune granate sono esplose dietro i mostri d'acciaio.

Un gruppo di soldati tedeschi corse dietro di loro, rifiutandosi di perdere la loro preda.

Gli americani hanno sparato con le armi al plotone, fermando la loro avanzata e i veicoli persi verso Tessy.

A circa un miglio dal paese alcuni soldati ne sono saltati fuori correndo verso il punto dove attendeva il camion, mentre i due carri armati si allontanavano al buio.

Dumont era rimasto indietro, completamente sveglio.

Conteneva i corpi di sei soldati americani, ma uno dei migliori tecnici di carri armati yankee era stato salvato.

Tre miglia più avanti, il camion li raggiunse e i feriti furono trasportati lì.

Sdraiato sul pavimento del veicolo, Roy ha ripreso conoscenza dal sonaglio.

Si sentiva molto debole e gli girava la testa, ma questo non gli impedì di percepire il caldo calore della mano di una donna, stringendo forte una delle sue.

La voce di Ivette le sussurrò all'orecchio:

"Grazie.

Ero intriso di emozione e tenerezza.

Anche Roy gli strinse la mano, e le labbra della ragazza si posarono sulla sua fronte, sfiorandola leggermente, come il battito di una farfalla.

"E tua madre?" chiedo.

Non udì nemmeno la risposta di Ivette, perché lo svenimento lo fece ripiombare nell'incoscienza non appena fece la domanda.

***

Gli ci vollero venti giorni per ritrovarsi fuori pericolo.

Venti giorni a combattere la morte, prima a Tessy e poi a Caen, dove è stato evacuato.

Ivette lo visitava spesso, dividendo la sua attenzione tra lui e sua madre.

Marie si è ripresa molto prima di Roy, perché le sue ferite erano più lievi.

Quanto al colonnello Ayers, continuò la sua marcia trionfale davanti ai suoi uomini verso le Ardenne, dove presto si sarebbe combattuta l'ultima grande battaglia della contesa.

Un giorno Roy vide Ivette entrare nella sua stanza,

Il viso della ragazza irradiava soddisfazione e gioia. Si sedette sul bordo del letto e chiese:

"Come stai oggi?

"Molto bene. Non vedo l'ora di uscire a prendere il sole", rispose l'ufficiale.

"Penso che tu possa farlo oggi. Il dottore mi ha detto. L'ho trovato nel corridoio.

"È per questo che sei così felice? chiese Roy.

Era molto magro. Il suo viso era pallido e tirato, ma i suoi occhi brillavano dello stesso vecchio sorriso.

"Per questo e per altre cose", rispose Ivette.

"Beh. Si possono conoscere o no?

"Certo che lo fai, Roy. Qui, leggi che "ha detto Ivette, porgendogli la busta che stava portando". Me l'hanno dato in ufficio.

"Sembra che tu abbia camminato per tutto l'ospedale prima di venire a trovarmi" disse Roy.

Aprì la busta, tirando fuori un foglio di carta, che scrutò con gli occhi lucidi di gioia.

"Questo è fantastico" ha detto eccitato. Sai cos'è?

"Immagino" rispose Ivette sorridendo.

"Non so se me lo merito. Me...

"Certo che te lo meriti, capitano De Ruse" esclamò la ragazza. Tutti hanno avuto il loro premio, ha aggiunto Roy con entusiasmo. Anche i morti.

L'ufficiale continuò a essere, ricordando i suoi uomini. Ivette ha detto:

«Mi piacerebbe vederlo quando otterrai quella medaglia, Roy.

Ha messo la carta nella busta.

"Sai qualcosa di tuo padre?" chiedo.

"Sì. Dice che spera che tu ti riprenda presto in modo da unirti al reggimento. Ha intenzione di nominarti suo assistente.

Roy ringhiò,

"Questo è quello che mi piace di meno" disse "Dover separarmi da te...

La ragazza gli prese le mani.

"Roy" mormorò. Poco importa. L'importante è arrivare alla fine, dopo aver ottenuto la vittoria.

Lui annuì.

"Cosa ne pensi di tuo padre?" Ho chiesto.

"È un vero gentiluomo. Quando l'ho visto sposare mia madre, credendo che stesse morendo, ho capito che non potevo smettere di amarlo.

"Beh. Immagino che qualcosa ti resterà nel cuore per un povero diavolo appena promosso a capitano" scherzò Roy.

"Vuoi dire te?"

"Chi altro?

Ivette avvicinò il viso a quello di Roy.

Abbassò leggermente la testa e lo baciò sulle labbra.

"È l'ultimo che avrai prima che ci sposiamo" disse allegramente la ragazza. Dal castigato nascono gli avvertiti.

Roy appoggiò la testa sul cuscino.

Gli uccelli cinguettavano nel giardino e la sua anima era piena di felicità.

Ivette premette il viso contro il suo e mormorò:

"Roy... mi chiamavi tesoro.

Il tenente le mise un braccio intorno alle spalle.

"Non ho dimenticato, tesoro" mormorò.

FINE

www.ingramcontent.com/pod-product-compliance
Ingram Content Group UK Ltd.
Pitfield, Milton Keynes, MK11 3LW, UK
UKHW021040260125
454178UK00001B/87